DESCOBRINDO OS CLÁSSICOS

DEZ DIAS DE CORTIÇO

IVAN JAF

editora ática

Dez dias de cortiço

Editora-chefe	Claudia Morales
Editor	Fabricio Waltrick
Editor assistente	Fabio Weintraub
Preparador	Rodrigo Gurgel
Seção "Outros olhares"	Antonio Carlos Olivieri
Coordenadora de revisão	Ivany Picasso Batista
Revisora	Luciene Lima
Estagiária	Fabiane Zorn
ARTE	
Diagramadora	Thatiana Kalaes
Editoração eletrônica	Estúdio O.L.M.
	Eduardo Rodrigues
Pesquisa iconográfica	Angelita Cardoso
Ilustrações	Rogério Soud
Ilustração de Machado de Assis	Samuel Casal
Editoração eletrônica de imagens	Cesar Wolf

CIP-BRASIL. CATALOGAÇÃO NA FONTE
SINDICATO NACIONAL DOS EDITORES DE LIVROS, RJ

J22d
2.ed.

Jaf, Ivan, 1957-
Dez dias de cortiço / Ivan Jaf ; ilustrações Rogério Soud. - 2.ed., - São Paulo : Ática, 2009.
136p. : il. -(Descobrindo os Clássicos)

Contém apêndice e suplemento
ISBN 978-85-08-12027-7

1. Azevedo, Aluísio, 1857-1913. O cortiço - Literatura infantojuvenil. I. Soud, Rogério. II. Título. III. Série.

09-0120.

CDD: 028.5
CDU: 087.5

ISBN 978 85 08 12027-7 (aluno)
ISBN 978 85 08 12028-4 (professor)
Código de obra CL 736561
CAE: 243927

2021
2ª edição
10ª impressão
Impressão e acabamento: Vox Gráfica

Avenida das Nações Unidas, 7.221 – Pinheiros
CEP 05425-902 – São Paulo – SP
www.aticascipione.com.br

Tel.: (0xx11) 4003-3061
atendimento@aticascipione.com.br

VIDA DE APERTAMENTO

Você já se imaginou morando num prédio com cinquenta apartamentos por andar, quinze andares, mais de setecentos "casulos" no total, somando cerca de duas mil e quinhentas pessoas? Gente de toda a sorte: aposentados, manicures, quiromantes, desempregados, enfim, brasileiros de baixa renda, comprimidos no mesmo espaço, partilhando intimidades, respirando o mesmo ar.

Pois é exatamente nesse aperto que se metem Eduardo, ex-editor de um grande jornal carioca, e seu filho Sérgio, típico adolescente mauricinho, um tanto mimado pela família e cego para determinados aspectos da realidade brasileira.

Eduardo — o pai cinquentão, em plena "crise da meia-idade" — quer abrir mão do *status* profissional e da estabilidade econômica, arduamente conquistados, para retomar um sonho de juventude: escrever um livro-reportagem atualizando *O cortiço*, de Aluísio Azevedo. Isto é: imaginando como o autor naturalista escreveria hoje sua obra de maior sucesso.

A fim de realizar seu projeto, aluga por dez dias o apartamento de um dos porteiros do prédio em que mora. Resolve se mudar para o que vê como um cortiço moderno e experimentar *in loco* a vida em condições precárias de moradia.

De outro lado, o jovem Sérgio, mesmo tentando se esquivar de todas as maneiras, vê-se impelido a acompanhar o pai. No prédio de conjugados, ele não apenas conhece uma realidade social muito diferente da sua como também se aproxima do pai e conquista novos amigos. É o caso de Matias, um velho pescador que vive repetindo frases espirituosas, mostra viva da sabedoria popular, e dos integrantes de uma banda de forró. De quebra, apaixona-se por Ana e, principalmente, descobre, graças ao envolvimento com a leitura e ao trabalho sobre *O cortiço*, a vida vazia que levara até então.

Dez dias de cortiço compõe um retrato da vida injusta nos grandes centros, marcada pela segregação urbana e pela exploração incessante dos mais desfavorecidos. À luz do diagnóstico feito por Aluísio Azevedo há mais de um século, o leitor talvez se assuste com a permanência de problemas que assombram a sociedade brasileira há muito tempo.

Mas chega de conversa. O apartamento está vago, esperando você. Entre, não precisa de chaves. À certa altura, as portas ficam apenas encostadas.

Os editores

Os trechos de *O cortiço* que constam em *Dez dias de cortiço* foram retirados da edição publicada pela Ática na série Bom Livro (36ª edição, 5ª impressão).

SUMÁRIO

• 1 •

Formação de quadrilha

Três meses depois de completar cinquenta anos, Eduardo Lins, jornalista respeitado e bem-sucedido, editor-chefe do suplemento de automóveis do jornal de maior tiragem do Rio de Janeiro, um homem calmo, de hábitos regulares, chegou ao seu apartamento de luxo no bairro de Botafogo, atirou-se na cama, de roupa e tudo, e ficou olhando para o teto.

Sua esposa, Cristina, arquiteta e decoradora, saiu de sua banheira de hidromassagem, no banheiro privativo do casal, e espantou-se:

— Dudu? Já chegou?

— Não. Ainda tô no trabalho. Este aqui é só o meu corpo.

— Aconteceu alguma coisa?

— Nada não...

Cristina sentou na beira da cama.

— Você tá estranho. Não quer me contar o que foi que aconteceu?

Ele não desgrudava os olhos do teto.

— Sua mão tá suada — ela disse, e a enxugou com a toalha.

— Era um garoto ainda... Tinha acabado de fazer dezenove anos!

— Quem, Dudu?

— ... foi na Barra da Tijuca. Bateu a mais de 140 km/h. Morreu na hora.

Ela ficou assustada.

— Um acidente? Ele tentou te ultrapassar, foi isso? E o nosso carro? Você tá machucado? Ei! Mas o que é que você tava fazendo na Barra da Tijuca? Você foi à Barra da Tijuca pra quê?

— Ele bateu num poste.

— Num poste? Na Barra da Tijuca?

— É. Ontem à noite. De madrugada. Voltando de uma festa.

— Ontem à noite? Mas ontem à noite você tava aqui, comigo, dormindo!

— Eu sei disso!

— Ele bateu num poste?!

— É! Num poste! Aquelas coisas espetadas nas calçadas, com fios em cima!

— Quem era ele?

— Sei lá.

— Que brincadeira estúpida, Eduardo! Me dar um susto desses!

Cristina deu um pulo da cama, furiosa, se enxugou com raiva, colocou um vestido de malha folgado, enfiou os pés em pantufas rosas e começou a escovar os cabelos diante do espelho do banheiro.

Lá da cama, Eduardo reclamou:

— Você nunca foi boa em consolar os outros.

Ela voltou ao quarto, e o ameaçou com a escova:

— CONSOLAR? Consolar de quê? Olha aqui... eu tive um dia miserável. A fresca da "Laurinha" Kalil, aquela idiota ignorante, mas cheia da grana, simplesmente "de-tes-tou" os azulejos da piscina, e eu vou ter de trocar! E a maldita loja de sofás só não tem o tecido que eu quero! E levei uma multa porque o cretino do manobrista do restaurante estacionou meu carro em cima da calçada! E o ar-condicionado do escritório pifou no meio de uma reunião com um casal de milionários, e quase matei o velho de calor! E, pra piorar, a coisa que eu mais odeio na vida aconteceu! Quebrei a meleca do espelho retrovisor do carro!

— De novo?

— É! DE NOVO! Portanto, doutor Eduardo Lins, não me venha com suas brincadeiras idiotas, ou probleminhas bestas, ou seja lá o que for isso aí que...

Eduardo não reagiu. Continuou olhando para o teto. Cristina sentiu-se culpada. Tornou a sentar na cama:

— Desculpa, amor. Acho que não entendi.

— Deixa pra lá. Você é que teve problemas de verdade. Quebrou o retrovisor. Eu só ajudei a matar o garoto.

— Como é que é? Você o quê?

— Ele saiu de uma festa, bateu num poste, em alta velocidade. Acabou com o carro... O carro que o menino dirigia... uma caminhonete superpotente... Fiz uma reportagem de capa sobre ela, quarta-feira passada, no suplemento de automóveis do jornal.

— Tá. E daí?

— Metade da matéria era sobre o motor da tal caminhonete... Sobre como ele era "esperto"... Como deixava todos os outros pra trás. Escrevi que, diante daquele motor, todos os outros carros pareciam "bobos"...

— Mas não é isso que você sempre escreve sobre os carros?

— É... — ele disse — Eu SEMPRE fiz isso! Tenho feito isso há anos!

— Calma, amor. Eu ainda não entendi aonde você...

— Não entendeu? Como não entendeu? Eu elogio a velocidade dos carros! Eu sou o editor da porcaria do suplemento de automóveis! Eu sabia que o meu trabalho era estúpido, mas só hoje percebi que é, também, criminoso!

— Você tá bem descontrolado, hein?

— É isso aí! A gente faz tudo pra este mundo ser um lugar detestável, e ao mesmo tempo fica reclamando, achando que não tem culpa de nada!

— Cara, isso é a tal crise dos cinquenta anos ou o quê?

— Sabe qual é o nome da avenida em que o garoto morreu?

— Como é que eu vou saber?

— Avenida Ayrton Senna! O sujeito virou ídolo popular correndo de carro, no país recordista mundial de mortes no trânsito, e ainda o homenageiam!

— Dudu, eu também tô muito estressada com o meu trabalho. Olha, daqui a uma semana é julho, lembra? Vou tirar um mês de férias. Pede uma licença lá no jornal e vem comigo.

— Não preciso de licença.

— Que ótimo. Já te liberaram?

— Pedi demissão.

— Você o quê?

— Pedi demissão. Hoje. Pronto. Acabou.

— Você não fez isso!

— Fiz. Falei na cara do vice-presidente que ia cair fora!

— Tá maluco?

— Disse que não ia mais fazer parte daquilo! E que todos que incentivam a velocidade mereciam ser presos, acusados de formação de quadrilha!

— Você tá desempregado? É isso?

— Ele achou que eu tava maluco. Me mandou tirar férias.

— Viu? Não disse? Tudo bem, amor...

— Daí pedi demissão, em caráter irrevogável.

— Não!
— Foi.
— Meu Deus, que dia!
— Agora sou um jornalista *freelance*. Vou fazer as matérias que me der na cabeça, e tentar vender.
— "Tentar vender"? Cara, você sabe quanto ganha um *freelance*? Você não vai ter garantia nenhuma! Não vai ter salário! Como é que a gente...?
Nesse momento ouviram batidas fortes na porta do quarto. Sérgio, o filho mais velho do casal, um garoto de 16 anos, que tocava guitarra numa banda de *rock*, chutava a porta com raiva e gritava:
— PÔ, quê que cês tão fazendo aí dentro? Tô atrasadão!
Cristina abriu a porta, passando o suor da mão de Eduardo para a maçaneta dourada.
— Serginho, seu pai tá com problemas...
— Tá... me descola aí uma grana pro táxi que eu vou levar a guitarra no apê da Tati.
Eduardo sentou na beira da cama e avisou:
— Hoje vamos jantar todos juntos. Eu preciso conversar com a família reunida.
— Pirô? Tão me esperando no...
— Você é surdo? Telefona e diz que vai chegar atrasado.
— Nem pensar, velho. A galera vai...
— Sérgio, eu vou tomar um banho, e depois jantar com a minha família, e você VAI sentar naquela maldita mesa!
Sérgio ia reagir, mas a mãe sabia que Eduardo não estava brincando e preveniu:
— Hoje é melhor obedecer seu pai. Ele já matou um.
— Isso não teve nenhuma graça, Cris — disse Eduardo, e entrou no banheiro, batendo a porta com força.

• 2 •

Aluguel por temporada

No dia seguinte Eduardo tomou o café da manhã sozinho.

Cristina e Sérgio já haviam saído. O filho menor, Cristiano, de cinco anos, estudava à tarde e ainda dormia. A empregada deixara a mesa pronta, os pães cobertos por um pano, o café e o leite em garrafas térmicas. Sentiu-se solitário e triste.

Não encontrara apoio na família. Durante o jantar, enquanto explicava o novo rumo que estava dando ao seu destino, a mulher ficou repetindo que o padrão de vida deles ia cair, que era um absurdo um chefe de família sem salário, uma irresponsabilidade...

— Você não é um jovem! — ela jogou na sua cara. — Não precisa mais de ideologia pra viver! Precisa é de salário!

E despejou em cima dele toda a lista de contas que tinham de pagar no começo de mês, o plano de saúde, a assinatura da tevê a cabo, o condomínio, o colégio dos filhos, o provedor da internet, o seguro dos carros, a dívida do cartão de crédito, as prestações da viagem aos Estados Unidos, a conta do celular, o salário da empregada... e uma porção de outras contribuições, compulsórias ou espontâneas, que ele até desconhecia, mas que a mulher ia tecendo, umas nas outras, formando a teia de compromissos que o prendia àquele sistema maluco, que ele agora via claramente e o deixava horrorizado.

Sérgio, por seu lado, estava tão contrariado por estar ali, com os pais, jantando, em vez de ter saído com os amigos, que só prestou atenção ao assunto quando Eduardo disse que certas despesas seriam cortadas por uns tempos, como academias de ginástica, celulares e aulas de guitarra. Sérgio então reagiu, dizendo que ele não tinha nada a ver com as crises do pai, que não ia se prejudicar, e acabou cobrando dele o tênis importado que havia prometido:

— Você disse que ia me descolar a grana pra comprar ele. Cadê? Pô, eu não tenho culpa de terem levado o outro naquele assalto. O moleque veio na mão grande e...

— É verdade — emendou Cristina. — Felizmente não aconteceu nada, só levaram o tênis. Viu, Eduardo? Nós temos compromissos, precisamos de dinheiro. Você pode ligar amanhã pro jornal, pedir desculpas, dizer que foi o estresse, eles vão entender...

— Eu preciso de um tênis novo! — insistiu Sérgio, para não mudarem de assunto. — Não quero nem saber! Sabe o que mais, deviam pegar esses pivetes e matar... É isso! Metralhar todos eles! Jogar uma bomba nas favelas!

Foi aí que Eduardo deu um soco na mesa. A travessa de salada caiu no chão, espalhando cacos de porcelana, alface e palmito por todo lado. Cristina e Sérgio ficaram de olhos muito abertos. Cristiano, que não estava entendendo nada, parou de mastigar a batata frita.

Eduardo voltou a falar com a voz grave, calmamente:

— Eu não estou pedindo a opinião de vocês, muito menos quero que julguem os meus atos. Estou comunicando uma decisão de vida. Cristina, nós VAMOS cortar despesas. E Sérgio, sinceramente, eu fico me perguntando em que momento a gente começou a se afastar, afastar tanto, a ponto de ouvir, do meu próprio filho, uma frase tão infeliz como a que você acaba de dizer. Vá pro quarto pensar na bobagem que você falou. Hoje você não sai mais!

Sérgio não teve coragem de reagir. Em 16 anos, era a primeira vez que tinha medo de seu pai.

O resto do jantar transcorreu em silêncio.

Cristina ainda tentara conversar na cama, antes de dormir, mas Eduardo apagou a luz e mandou-a calar a boca.

Agora, tomando café sozinho, olhando as paredes, concluiu que sua família se transformara num amontoado de estranhos presos dentro de uma caixa de tijolos. Esse pensamento acabou de arrasá-lo.

Mas gostava tanto deles que acabaria encontrando uma maneira de resolver aquilo. Ia precisar de sabedoria e carinho, mas também de muita autoridade.

Saiu para dar uma volta. Vagou sem rumo pelas ruas do bairro de Botafogo, pensando na vida. Andou pela rua General Polidoro, em direção à praia. Na esquina com a rua Paulo Barreto, entrou num botequim e pediu uma água com gás.

Encostado no balcão seboso daquele pé-sujo, ficou vendo as pessoas passarem na calçada, cheias de histórias para contar, histórias que ele nunca ouviria. Sentiu-se como um ônibus enguiçado, parado num ponto, enquanto a cidade corria do outro lado das janelas.

Seu reflexo gorduroso, na máquina de frango assado, mostrava sem piedade um homem careca, barrigudo e mole, tentando manter a superioridade com roupas caras e ar de intelectual. Cristina tinha razão. Era uma "crise dos cinquenta" mesmo. E ele a merecia.

Nos últimos vinte anos não fizera outra coisa a não ser procurar segurança. Segurança física e financeira, para o seu corpo e todas as suas extensões, mulher, filhos, casa, carro... E conseguiu. Agora morava num edifício de luxo, com quatro quartos, numa rua nobre do bairro, a Dona Mariana. Dois blocos de apartamentos, cercados por grades, com câmeras de vídeo ligadas 24 horas e porteiros com armas escondidas.

A segurança lhe custara a liberdade. A segurança o afastara dos intrusos, dos estranhos. Queria ter a sensação de um lar? Era só gradear as janelas. Queria a sensação de segurança? Era só não falar com estranhos. Tinha medo de levar um tiro? Blindasse o carro. Uma bala perdida? Blindasse o corpo. A consciência culpada? Blindasse a alma. Não há nada a fazer socialmente? Compre alarmes. Não está mais entendendo o mundo? Torne-se um especialista em alguma coisa bem idiota, como editor de suplementos sobre automóveis. Pediu uma cerveja.

Seus sapatos finos, sua camisa para dentro da calça de linho, seu pouco cabelo, bem aparado sobre as orelhas, tudo nele o tornava estranho àquele botequim e servia para afastá-lo dos outros.

Um estudante deixou cair um livro bem diante dele.

Então, como se acordasse de um pesadelo, de repente Eduardo lembrou que já estivera naquele bar antes! Já tomara uma cerveja ali, encostado naquele mesmo balcão! Há muitos anos!

Assim que terminou a faculdade de Jornalismo, continuou estudando. Fazia mestrado, e estava ali, em Botafogo, pesquisando para sua tese sobre um jornalista do final do século XIX. Eduardo era um jovem cheio de ideias, apaixonado por jornalismo, querendo conhecer o mundo, correr perigo, se aventurar, ter contato com todas as pessoas, todas as classes sociais. Ele também parara ali, para tomar uma cerveja, e havia colocado um livro sobre o balcão.

O livro se chamava *O cortiço*.

O choque daquelas lembranças, a estranha coincidência e a tristeza de enxergar o abismo que havia entre o Eduardo daquela época e o que via agora, sobre os frangos assados girando, o fez mergulhar tanto em seus próprios pensamentos que custou a notar que alguém cutucava seu ombro direito.

— Doutor... doutor...

Era um de seus porteiros, o que lavava os carros.

— Zeca?

— Oi, doutor. Eu tava passando...

Eduardo não sabia mais nada sobre o rapaz. Chamava-se Zeca e lavava seu carro. Decidiu que, se queria mudar, aquela era uma boa hora para começar:

— Quer tomar uma cerveja?

Zeca estranhou, mas aceitou um copo.

Começaram conversando sobre o edifício, sobre os carros, falaram mal do síndico e riram da "dona Cristina" ter quebrado o retrovisor de novo.

Pouco depois Zeca já resumira sua biografia, desde o nascimento, no município de São Cristóvão, perto de Aracaju, em Sergipe, até o conjugado alugado num cabeça de porco na praia de Botafogo, onde morava. E terminou explicando que estava ali, podendo tomar cerveja, àquela hora, porque tinha acabado de entrar de férias.

— Amanhã vou pra Sergipe. Duas semanas. Vou visitar minha mãe, lá em São Cristóvão — anunciou. — Não vejo os parentes há quatro anos.

Enquanto ouvia, Eduardo ia formando uma ideia na cabeça, e tudo que Zeca dizia se encaixava nela. Por fim, perguntou:

— Zeca, quer alugar teu apartamento? Por dez dias?

• 3 •

Alforria

Se algum escritor um dia vier a escrever um livro sobre a família Lins, o jantar daquela noite mereceria um capítulo à parte.

Eduardo mais uma vez anunciou, pediu, tentou convencer e por fim exigiu que todos estivessem presentes à mesa para mais uma reunião familiar.

— Isso já tá virando rotina — reclamou Cristina. — Hoje eu não posso. Tenho jantar marcado com a Belinha, lá do *shopping*.

— É ruim — disse Sérgio, sem tirar o olho da tevê. — Tô indo na casa do Paulão. Ah, vô dormir lá, valeu?

Até Cristiano tinha compromisso. Ia andar de *skate* no *playground* do edifício.

Eduardo resolveu todas as questões com gritos e ameaças e lá estava a família, em torno da mesa, engolindo a raiva.

— Tô vendo que vocês não estão muito contentes por estar aqui — começou Eduardo, com a mão direita pousada sobre um livro, encapado com um papel pardo muito gasto. — Por isso, para descontrair um pouco, vou abrir esta reunião lendo um pequeno trecho deste livro.

— Ninguém merece — resmungou Sérgio.

— O livro chama-se *O cortiço*, do escritor Aluísio Azevedo.

— Meu bem — cortou Cristina, delicadamente, tratando o marido como se ele estivesse ficando louco. — Eu tô perdendo um contrato de trabalho, mas, se correr, ainda tenho chance de chegar no jantar da Belinha...

— A gente não pode ler quando tiver tempo? — sugeriu Sérgio. — Depois você faz um teste, como na escola...

— Pai, eu não fiz nada — reclamou Cristiano. — O castigo é por quê?

Eduardo ficou desanimado, mas mandou que calassem a boca e continuou:

— Este livro tem tudo a ver com o que vou comunicar a vocês hoje, se me deixarem falar! — e colocou os óculos para ler:

Nesse dia ele saiu muito à rua, e uma semana depois apareceu com uma folha de papel toda escrita, que leu em voz alta à companheira:

— Você agora não tem mais senhor! [...] Agora está livre. Doravante o que você fizer é só seu e mais de seus filhos, se os tiver. Acabou-se o cativeiro [...]!

Eduardo colocou tanta emoção na voz que Cristina concluiu que o marido andava mesmo perturbado. Sérgio e Cristiano fitaram o pai, intrigados, que explicou:

— Quem diz isso é o João Romão, o personagem principal do livro, quando entrega uma carta de alforria...

— Uma o quê? — perguntou Sérgio.

— Carta de alforria era um documento oficial, comprado, e que dava a liberdade a um escravo. É assim que eu tô me sentindo, compreendem? "Acabou-se o cativeiro!"

— Pelo visto você continua com essa doideira de largar o jornal... — Cristina falou, balançando a cabeça.

— Largar o jornal, mas não largar o jornalismo! Ao contrário. Agora é que eu vou ser jornalista de verdade!

Daí para a frente Eduardo não parou de falar. E ninguém teve coragem de interromper. Ficaram os três, ouvindo, de boca aberta.

Explicou que sua vida era uma grande perda de tempo, que se afastara de seus ideais e terminara traindo sua própria consciência, e por aí afora, expondo toda sua crise existencial.

Anunciou que dinheiro não seria um problema imediato. Tinha umas economias. Sua sobrevivência, com os devidos cortes no orçamento, estaria garantida por uns dois anos, tempo suficiente para terminar um projeto que iria começar a desenvolver imediatamente, a partir do dia seguinte!

— Que projeto? — gaguejou Cristina, com as mãos na cabeça.

— Vou escrever um livro! Um livro-reportagem!

— Sobre o quê, amor?

— Para de falar como se eu estivesse doido, Cris! Você lembra que quando eu saí da faculdade comecei a fazer mestrado, e que a minha tese era sobre este livro? — ele sacudiu o exemplar de *O cortiço*.

— É, lembro, você falou, só não sei o que é que...

— Presta atenção. A ideia central da minha tese era recriar *O cortiço*. Imaginar como o autor, Aluísio Azevedo, o teria feito hoje em dia. Entende? Comecei a fazer pesquisas sobre ele, naquela época... Como ele trabalhava, quais seus métodos, o que ele determinou como objeto de estudo... Você leu *O cortiço*, não leu?

— Li. Na escola.

— Gostou?

— Gostei. Pra falar a verdade, que eu me lembre, foi o livro que eu mais amei ter lido naquela época.

— Pois é, Cris. *O cortiço* foi uma revolução na literatura brasileira. É um marco do chamado naturalismo.

— Do que é que vocês tão falando? — reclamou Sérgio. — Se é pra eu não entender nada, posso me mandar pra casa do Paulão e vocês ficam à vontade...

— Cala a boca e escuta que você aprende — cortou Eduardo. — Naturalismo foi como os críticos chamaram um movimento literário que surgiu aos poucos, lá pela metade do século XIX. Dizem que começou na França, com escritores como Émile Zola, Flaubert... Não vou ficar explicando muito, só dizer que o naturalismo, e também o realismo, foram uma reação contra o romantismo, que fazia aquelas descrições idealizadas da realidade, criava aquelas donzelas puras, aqueles heróis honrados...

— Já ouvi falar disso lá na escola — Sérgio lembrou.

— Menos mau... O realismo e o naturalismo partiram pro oposto, a descrição da realidade. A ideia era expor às claras o mundo real, sem idealizações nem atenuantes... Mas o naturalismo, além disso, procurava mostrar a natureza animal das pessoas, como a gente se deixa levar pelos instintos naturais, como não se podem reprimir as manifestações de raiva, de ciúmes, de ganância, de sexo...

— Você não é naturalista... — Sérgio cortou novamente.

— Eu? Por quê?

— Porque você tá me reprimindo legal.

— Fica quieto. Então a literatura começou a mostrar a vida das cidades, a pobreza, os contrastes sociais, prostitutas, tarados, nobres canalhas, padres corruptos... Apresentar descrições dos atos sexuais... E tratar de temas que até então eram proibidos, como o homossexualismo, o racismo...

— Foi por isso que eu gostei — lembrou Cristina.

— Pra encurtar a história, a minha tese de mestrado ia se basear no fato do Aluísio Azevedo ter sido um jornalista, ter passado a maior parte da vida nas redações de jornal. Eu queria deixar claro que o naturalismo tinha muito a ver com o jornalismo. O naturalismo seria uma mistura de jornalismo com romance. A preocupação com a descrição da realidade e as técnicas de pesquisa do jornalismo, misturadas com as análises psicológica e física dos personagens, e a imaginação do autor, que a gente encontra nos romances.

— Posso ir lá pra baixo andar de *skate*? — Cristiano tentou.

— Não. Bom, uma das técnicas do naturalismo foi a pesquisa de campo.

— Eles jogavam futebol?

— Cristiano, faz um favor pro papai? Só escuta. Pesquisa de campo... O escritor ia aos próprios locais que queria descrever, entrevistava gente, anotava os fatos, se misturava com as pessoas reais, que mais tarde virariam personagens... Isso é o mesmo que faz um jornalista, entendem?

— Tá — cortou Cristina —, mas você disse que queria recriar *O cortiço*...

— No seu tempo, quando quis analisar as condições de vida do povo, Aluísio Azevedo escolheu descrever o dia a dia de um cortiço. E, pra estudar os contrastes sociais, colocou um sobrado ao lado desse cortiço.

— Pô, me libera aí... eu nem sei o que é um cortiço. É o marido da rolha?

— Pra quem não sabe, viu, Sérgio?, "cortiços" eram as habitações populares da época... Uma porção de quartinhos apertados, com uma porta e uma janela, que o dono, quase sempre um português, alugava. Ali dentro moravam famílias inteiras. E "sobrados" eram casas de dois andares ou até mais, onde morava a elite da época do império, os nobres, os comerciantes ricos...

— Você tava falando em recriar o...

— Esquece a droga do jantar da Belinha, Cris! Deixa eu falar com calma... Então eu pensei que, hoje em dia, se quisesse retratar a vida do povo, Aluísio Azevedo estudaria as favelas. E, pros contrastes sociais, mostraria um desses condomínios de luxo. Era isso que eu iria provar na minha tese... como Aluísio construiria seu romance hoje em dia, e como...

— Bom, você não fez o tal mestrado, não é?

— Você sabe que não, Cris. Não terminei. Fiz só algumas pesquisas. Não tinha grana na época. Precisei começar a trabalhar logo. Foi isso.

— Deixa eu adivinhar, Dudu. Trinta anos depois, em plena crise dos cinquenta, um jornalista bem-sucedido resolve jogar tudo pro alto e recuperar um sonho de juventude.

Eduardo não gostou nem um pouco do tom de voz da mulher, mas não pensou em nada para dizer contra aquilo. Olhou para o prato e percebeu que ainda não tocara na comida. Era um peito de frango pálido, entre um creme amarelo e um aspargo solitário. Espetou o aspargo com o garfo e falou:

— É exatamente isso, Cris. Um velho jornalista idiota querendo recuperar um sonho de juventude. Dane-se.

E então Eduardo contou o que decidira durante o dia.

Não faria mais uma tese de mestrado. Não tinha mais idade nem paciência para frequentar uma faculdade. Faria um livro.

— Não vai se meter numa favela, vai? Cara, você ficou maluco ou o quê?

— Não, Cris. Não tô pensando numa favela. Esqueci de contar uma parte do meu dia. Hoje de manhã entrei num botequim e tomei umas cervejas.

— Logo vi.

— Vocês não vão acreditar. Foi o mesmo botequim em

que tomei uma cerveja quando era jovem e fazia pesquisas sobre *O cortiço*. Vocês sabem que *O cortiço* é passado aqui, neste nosso bairro, Botafogo? Quando eu comecei as pesquisas de campo para a minha tese eu andei muito por essas ruas... Bom, tava tomando minha cerveja, pensando na porcaria sem sentido em que eu tinha transformado a minha vida, quando quem aparece? O Zeca.

— Que Zeca?

— O porteiro, Cris. O que lava os nossos carros.

— O que é que ele tem a ver com...?

— O Zeca me contou que mora num conjugado de trinta metros quadrados num cabeça de porco na praia de Botafogo. Quando ele falou isso me toquei que era ali, e não nas favelas, que Aluísio Azevedo retrataria o povo, entendem? As favelas são casas, barracos, uns diferentes dos outros, quase sempre construídos pelos próprios moradores... Os antigos cortiços eram quartinhos, todos iguais, alugados... Então, os cortiços atuais são esses imensos prédios cheios de conjugados minúsculos, e não as favelas. Caramba, isso tudo me veio assim, como uma iluminação!

— Você tava era cheio de cerveja.

— E para retratar o contraste social? Hein? O sobrado... Era só olhar pra mim mesmo! Eu, dentro deste condomínio de luxo!

— Tá legal, Dudu. E daí?

Eduardo pousou o garfo no prato, e ele afundou lentamente no creme amarelo.

— Família, eu quero dizer que decidi o seguinte... Aluguei por dez dias o apartamento do Zeca, e vou pra lá no fim da semana.

— Cara, você pirou legal — disse Sérgio.

Eduardo apontou a faca para ele e avisou:

— E você vem comigo.

• 4 •

O moletom bege

O jantar terminou mal.

Sérgio disse que não ia de jeito nenhum, que preferia morrer. Cristina gritou que ninguém tinha nada a ver com as crises de meia-idade de Eduardo e que ele não ia arrastar o menino numa loucura daquelas. Cristiano continuava sem entender direito o que acontecia, e resolveu chorar.

— Eu vou passar as férias em Búzios! — a mulher berrava.

— Pode ir! Pode ir! — respondia Eduardo, sacudindo um pedaço de frango na ponta do garfo.

— Eu vou com ela! Eu vou com ela! — pedia Sérgio, agarrando o braço da mãe.

— Eu também! — lembrava Cristiano, pendurado no outro braço.

Eduardo decidiu:

— Cristina vai pra Búzios e leva o Cristiano. Eu e o Sérgio vamos passar dez dias no conjugado do Zeca. E não se fala mais nisso.

Sérgio saiu correndo e se trancou no quarto.

Cristiano grudou-se à mãe.

— Você não pode fazer isso com o menino! — ela disse.

— É uma irresponsabilidade! Com a cidade violenta do jeito que está!

— Do que é que você tá falando? É um edifício normal, mora gente normal dentro. O Zeca mora lá! Sérgio precisa conhecer pessoas de outras classes sociais. Você não ouviu o que ele disse ontem?

— O quê?

— Que deviam matar os meninos que roubaram o tênis dele! Que deviam jogar uma bomba nas favelas!

— É uma reação natural.

— Natural? Natural? Cristina, então é essa a educação que estamos dando? Que consciência social esse garoto tem?

— É isso! É só um garoto!

— Tem 16 anos! Eu na idade dele já participava de reuniões políticas! Fui da juventude socialista no ginásio! Fiz campanha no colégio contra a ditadura militar! Já tinha lido sobre anarquismo, comunismo...

— Eram outros tempos. E você quer mudar isso como? Arrastando o menino pra uma aventura perigosa num...

— Olha aí! "Perigosa"! Qualquer um que não pertença à nossa classe, que não tenha banheiro privativo e DVD, é um estranho perigoso! É isso que a gente tá ensinando ao Sérgio! A se fechar pro mundo! A não se interessar pelos outros seres humanos!

— Mas que diabo deu em você afinal, Eduardo? Era um sujeito normal até ontem!

— Fui um idiota. Qual é a vida do Sérgio? Ir na casa dos amigos, que moram em condomínios como este, ou se enfiar nos *shoppings*, onde miseráveis e malvestidos não entram. Ele só vive em comunidades fechadas! Qual é a chance dele conhecer gente diferente? Qual a chance dele enfrentar um verdadeiro desafio cultural?

— Desafio cultural? Você vai levar nosso filho pra um ambiente estranho! Vão correr perigo!

— Não! Vou mostrar que somos todos seres humanos!

— Eduardo, sinceramente, sabe o que eu acho?

— Fala.

— É como se você tivesse uma espingarda apontada pra tua cabeça e, em vez de sair correndo, quisesse olhar pra dentro do cano.

Foi mais um final de noite melancólico. Eduardo tomando um uísque sozinho na sala, olhando pela janela; e Cristina deitada na cama, olhando para o teto, fazendo força para não chorar, para não deixar Cristiano ainda mais assustado, ali, ao lado dela, ainda agarrado em seu braço.

Sérgio continuava trancado no quarto, com a tevê ligada, sem prestar atenção a ela, revoltado, pensando em fugir de casa. Esperaria o pessoal dormir e cairia fora. Ia para a casa do Paulão. Pedia uma grana emprestada. Na rodoviária pegava um ônibus para... Não sabia para onde. Não estava acostumado a fazer as coisas sozinho. Ia precisar de uns amigos. Tinha de convencer a galera a fugir de casa também. Mas ninguém ia querer. Todos tinham uma vida boa, apartamentos bacanas, com pais normais dentro, pais com empregos normais, que compravam as coisas e não se metiam na vida dos filhos.

Sérgio não sabia nem chegar à rodoviária sozinho. Melhor esperar o dia clarear, ver se a mãe fugia com ele. Podia se esconder na mala do carro dela e ir para Búzios. Mas e se o pai acordasse antes e o agarrasse? Melhor fugir agora mesmo, durante a noite. Podia se esconder no prédio até amanhecer. Pegava um cobertor e dormia nas escadas. Quando sua mãe levantasse, levava um copo de leite e um queijo quente para ele e aí... Escutou batidas na porta e a voz do pai, querendo entrar. Não estava trancada. Sérgio ia gritar que não, não queria que ele entrasse, não tinha nada para conversar, mas não teve tempo. O pai entrou, tornou a fechar a porta e sentou-se na beira da cama, calado.

Sérgio estava preparado para gritar, discutir, acusar, brigar, espernear, sair correndo... Mas como Eduardo apenas ficou ali, calado, com um ar muito triste e olhando para as próprias mãos, Sérgio não soube como reagir.

Ficaram em silêncio algum tempo, até o pai pedir:

— Dá pra desligar essa porcaria?

Sérgio apertou o controle remoto, apagou a tevê e disse:

— Não adianta. Eu não quero conversar com você!

— Nem eu, filho. O que eu quero é te pedir uma coisa. Olha pra mim. Você sabe quem eu sou?

Sérgio ficou com medo.

— Pai, cê tá ficando estranho, tá ligado?

— Não. É o contrário. Eu acho que sempre fui um estranho pra você. E agora é que estou disposto a fazer alguma coisa pra você me conhecer. Mas preciso da sua ajuda.

— Se é pra...

— Sérgio, o que eu tô te propondo é uma aventura, entende? Escuta. Eu sei que você tem 16 anos, e que ficar ao meu lado é um mico... Cara, eu já tive a tua idade. Eu sei que uma das regras básicas dos adolescentes é não aceitar nenhuma novidade que venha de alguém com mais de quarenta anos.

— Você não pode saber o que a gente...

— Se a mesma aventura partisse de alguém da tua idade, você aceitava. Se o Paulão te convidasse pra passar dez dias num lugar diferente, fazendo pesquisa pra escrever um livro, você topava.

— O Paulão não é maluco.

— É verdade. O Paulão é careta.

— Eu não disse isso.

— Disse sim. Fala a verdade, filho... diz aí uma coisa que um amigo teu tenha feito de diferente. Vocês curtem as mesmas músicas, as mesmas festas, gostam dos mesmos tipos de garotas, compram as mesmas roupas, veem os mesmos programas de tevê...

— Você não...

— Quando foi que você se meteu numa aventura de verdade?

— O que eu quero é...

— É o quê? Ir pra Búzios? Fazer o quê? Encontrar a "galera"? Mas você vive com eles o tempo todo! Cara, será que você não tá cheio? Eu, teu pai, com cinquenta anos e dores na coluna, tô louco pra sair dessa rotina miserável e me meter numa aventura de verdade.

— A gente pode viajar! Vamos pros Estados Unidos!

— Para com isso, garoto. Olha em volta. A gente já tá nos Estados Unidos! Quer uma aventura de verdade? Vem com teu pai. Vamos conhecer as pessoas que vivem ali, a quatro quarteirões!

Sérgio ficou calado. O pai não estava brigando, nem dando ordens, nem ameaçando, nem nada.

— Sua mãe tem razão, Sérgio, eu tô em crise, mas acontece que ficar em crise é uma coisa boa, e não ruim. É sinal de que a gente quer mudar. De que não tá satisfeito. Eu não tô. Há muitos anos que eu não faço o que gosto. E agora vou fazer. Não vou mais me render à vida. Tá entendendo?

Sérgio fez que sim com a cabeça. Eduardo continuou:

— Não vai ser fácil pra mim. Quanto mais seguro a gente fica dentro de um condomínio destes, nesta vida cheia de medos, mais ameaçador o mundo lá fora parece, cada vez se precisa de mais coragem pra enfrentá-lo. Eu tô cheio de medos, filho. E se não fizer nada...

Eduardo levantou e foi até a porta. Ia sair. Tinha um nó na garganta e não queria que o filho o visse naquele estado.

Sérgio abraçou os joelhos, e se encolheu. O pai parou, com a mão na maçaneta, e perguntou:

— Filho, você nunca se sentiu meio mimado? Filhinho de papai? Nunca achou teus amigos meio bobões? O que é que vocês sabem? Quase nada. Entendem um pouco de música, um pouco de informática, falam de esporte e mulher. Cara, a vida é mais do que isso.

Eduardo falou isso rindo. Sérgio reagiu:

— E você, cara? Não se acha um sujeito chato, que reclama de tudo? Metido a saber das coisas. Fica lá na sala, com teu uisquinho, na TUA poltrona, achando todo mundo que pensa diferente de você uma besta. E os teus amigos? São a mesma coisa. Ficam falando de restaurantes caros, de política, de "aplicação financeira", ouvindo aquelas musiquinhas chatas pra caramba, com uns sujeitos gemendo baixinho... Cara, você também não se sente meio vacilão?

— Sinto sim. Sempre. O tempo todo.

A resposta do pai desconcertou Sérgio, que apertou mais os joelhos, e disse:

— É. Acho que eu também.

— Então? Vamos sair dessa juntos?

— Esqueci de dizer que você também é um velho barrigudo.

— Ei! Barrigudo, tudo bem... Mas ser velho não é culpa minha. Pense em outra coisa.

— Tá legal. Você fica ridículo correndo em volta da piscina de moletom.

— Tá vendo, filho? Viu a que ponto teu pai chegou? E o

moletom é bege. Bege! Quando o sujeito compra um moletom bege é porque tá perdendo as esperanças. Me ajuda, tá.

E saiu, fechando a porta.

Sérgio continuou encolhido, com um sorriso no rosto. Sem saber como, havia concordado.

• 5 •

O monstro da farofa amarela

A semana passou voando. Enquanto a mulher e o filho mais novo se preparavam para o mês de férias na casa de praia alugada, Eduardo vigiava Sérgio para que este não fugisse, e relia as anotações de sua antiga tese de mestrado sobre *O cortiço*.

Foi com emoção e nostalgia que reabriu a pasta de couro preto, quase trinta anos depois, e descobriu as folhas amareladas. A passagem do tempo pelo papel não deixava dúvida. Era assim que ele se sentia por dentro, era daquele jeito que seus pensamentos haviam ficado. Amarelados. Reviu sua antiga letra. Dezenas de páginas escritas de alto a baixo, frente e verso, de um tempo em que precisava economizar até papel, cobertas por uns garranchos de caneta preta, desleixados, mas frenéticos, cheios daquele impulso idealista da juventude, que ele lembrava como um filme antigo.

Logo no começo ele copiara os dois primeiros parágrafos de *O cortiço*. Neles, Aluísio Azevedo introduzia a característica principal do protagonista de sua história, o português João Romão, o proprietário do cortiço.

João Romão foi, dos treze aos vinte e cinco anos, empregado de um vendeiro que enriqueceu entre as quatro pare-

des de uma suja e obscura taverna nos refolhos do bairro do Botafogo; e tanto economizou do pouco que ganhara nessa dúzia de anos, que, ao retirar-se o patrão para a terra, lhe deixou, em pagamentos de ordenados vencidos, nem só a venda com o que estava dentro, como ainda um conto e quinhentos em dinheiro.

Proprietário e estabelecido por sua conta, o rapaz atirou-se à labutação ainda com mais ardor, possuindo-se de tal delírio de enriquecer, que afrontava resignado as mais duras privações. Dormia sobre o balcão da própria venda, em cima de uma esteira, fazendo travesseiro de um saco de estopa cheio de palha. A comida arranjava-lhe, mediante quatrocentos réis por dia, uma quitandeira sua vizinha, a Bertoleza, crioula trintona, escrava de um velho cego residente em Juiz de Fora e amigada com um português que tinha uma carroça de mão e fazia fretes na cidade.

Essa introdução levou Eduardo a relembrar a trama do livro, lido há tantos anos, e lhe veio à mente não uma história linear, com começo, meio e fim, mas um sem-número de intrigas e sucessões de fatos. Na verdade, *O cortiço* não tinha um enredo definido e sim uma sequência de acontecimentos, com personagens se sobressaindo em determinados momentos. Dentre esses personagens, porém, dois se destacavam: João Romão e Bertoleza. Não era à toa que o livro começava e terminava com os dois. Era como se Aluísio quisesse mostrar que João Romão e o cortiço eram um a causa e o efeito do outro, um acompanhava a transformação do outro, e, seguindo os passos de ambos, como uma sombra, a figura da negra Bertoleza.

Folheou as primeiras páginas para fazer um resumo sobre elas:"Bertoleza também trabalhava forte; [...] De manhã vendia angu, e à noite peixe frito e iscas de fígado [...]" Um dia seu dono "[...] depois de correr meia légua, puxando uma carga superior às suas forças, caiu morto na rua, ao lado da carroça, estrompado como uma besta". João Romão passa então a amigo, confidente, conselheiro e, por fim, amante de Bertoleza, que lhe confia todas as suas economias... dinheiro que a escrava estava juntando para comprar sua alforria. Romão falsifica uma carta de alforria para ela e fica com o dinheiro. "Bertoleza representava agora ao lado de João Romão o papel tríplice de caixeiro, de criada e de amante."

Nas páginas seguintes de sua tese, Eduardo tomara João Romão como exemplo para analisar a ascensão social dos imigrantes que haviam chegado ao Brasil no século XIX, dispostos a tudo para "vencer na vida".

João Romão não saía nunca a passeio, nem ia à missa aos domingos; tudo que rendia a sua venda e mais a quitanda seguia direitinho para a caixa econômica e daí então para o banco. Tanto assim que, um ano depois da aquisição da crioula, indo em hasta pública algumas braças de terra situadas ao fundo da taverna, arrematou-as logo e tratou, sem perda de tempo, de construir três casinhas de porta e janela.

[...] E o fato é que aquelas três casinhas, tão engenhosamente construídas, foram o ponto de partida do grande cortiço de São Romão.

Hoje quatro braças de terra, amanhã seis, depois mais outras, ia o vendeiro conquistando todo o terreno que se estendia pelos fundos da sua bodega; e, à proporção que o conquistava, reproduziam-se os quartos e o número de moradores.

À medida que ia lendo a introdução histórica que escrevera, teve vontade de passar aquelas informações para Sérgio, na esperança de que o filho se interessasse pelo assunto.

Sabia que o garoto aceitara acompanhá-lo naquela aventura por obrigação; no fundo, por medo do pai, e até um pouco por pena daquele sujeito de meia-idade em crise existencial e pedindo ajuda. Suspeitava também que a mãe convencera Sérgio a acompanhar o pai para não deixá-lo "se meter naquilo sozinho, coitado... Dudu anda tão perturbado ultimamente...". Mas o que importava é que Sérgio ia com ele, e Eduardo acreditava que, aos poucos, faria o garoto se interessar de verdade pelo trabalho. No entanto, decidiu deixar a parte intelectual para depois, e procurou motivá-lo tratando da parte prática, ou seja, os preparativos para a "pesquisa de campo".

— Vamos sair pra comprar umas roupas — avisou.

— Demorô! — disse Sérgio. — Tô precisando do tal tênis. E vi umas bermudas invocadas no *shopping* lá da praia.

— Esquece. Vamos é num brechó.

— Tá brincando.

— Você acha que a gente vai passar despercebido usando tênis importado, calças de linho puro, sapatos de cromo alemão e mochilas de grife?

— Mas eu não quero passar despercebido não, tá ligado? Eu quero aparecer, *brother*.

— Sérgio, você não tá entendendo. A primeira regra da "pesquisa de campo" é se disfarçar. A gente tem de se misturar com as pessoas que quer analisar. Falar com elas, agir como elas, se vestir... quem mora em conjugados não tem grana pra comprar roupas caras, então vamos arranjar umas roupas usadas.

Passaram uma tarde percorrendo ruas do bairro do Catete, "renovando" o guarda-roupa. Depois almoçaram juntos num pé-sujo, para ir treinando o estômago.

— Vamos passar um tempo comendo em botequins baratos — avisou Eduardo. — É melhor ir adquirindo anticorpos.

— Olha aquela coisa ali mergulhada na farofa amarela — apontou Sérgio para a travessa do outro lado do balcão envidraçado. — Bem que minha mãe disse que isso ia ser perigoso.

Comeram carne assada com feijão, e se arriscaram num caldo de mocotó. Riram algumas vezes. Eduardo se perguntava quando havia sido a última vez que os dois tinham saído juntos. Nem se lembrava.

— Pesquisa de campo é um trabalho de investigação, Sérgio. Vamos ser uma espécie de detetives.

— Tá. Mas o que é que a gente vai investigar?

— As pessoas. Como elas vivem. O que fazem. Quero ouvir histórias de vida. Como elas chegaram até aquele edifício, onde nasceram, em que trabalham, o que pensam. Em que acreditam. Pra isso elas vão precisar se abrir, compreende? Se a gente chega vestindo roupas caras, com carros de luxo e falando difícil elas veem logo que somos diferentes e se fecham.

— Será que vai dar pra enganar?

— Não vamos chamar isso de "enganar". Não vamos tirar nada delas, só informação.

— Mas como é que a gente vai explicar o que tá fazendo ali? Aparecer assim, de repente, caindo de paraquedas...

— Já combinei com o Zeca. Ele emprestou o apartamento pra um amigo que veio aqui pro Rio, procurar emprego, e o sujeito veio com o filho.

— Isso não vai dar certo, tá ligado...

— Vou dizer que trabalho em gráfica. É um serviço que lida com texto, assim não vou precisar falar errado. Nada de "táuba" nem "estáuta", nem "nós vai".

— E eu?

— Você pode falar normalmente... sem querer ofender.

No dia seguinte saíram cedo, levando as roupas do brechó em sacos plásticos, e procuraram um lugar para se trocar. Eduardo achou melhor eles treinarem um pouco antes de se mudar, mas Sérgio se recusou a sair vestido daquele jeito do prédio. Foi mais difícil do que imaginaram. Trocaram de camisas no banheiro de um botequim, e de calças num restaurante, enquanto almoçavam.

— O Aluísio Azevedo passou pela mesma dificuldade para escrever *O cortiço* — consolou o pai.

— Bem feito — resmungou o filho.

— Ele dizia que precisava se adaptar para "ouvir seus personagens". Não queria sobressair como um elemento estranho. Vestia-se como os trabalhadores da época, trocava os sapatos por tamancos... Frequentava tavernas, que era como chamavam esses botequins antigamente... Subia pedreiras...

— Ele era rico?

— Não, mas de uma família com uma certa importância. Seu pai era um vice-cônsul, no Maranhão, mas Aluísio trabalhou desde cedo, como caixeiro e guarda-livros.

— O que é isso?

— Caixeiro é como se chamava o homem que atendia os fregueses, nas lojas. Hoje a gente diz balconista. E guarda-livros era o sujeito encarregado de anotar o movimento do comércio nos livros-caixa, entrada e saída de mercadorias pagamentos e recebimentos, essas coisas... Agora é tudo feito no computador... O Aluísio trabalhou nisso até vir pro Rio, e aqui levou a vida típica dos estudantes e intelectuais que vinham estudar e trabalhar na Corte.

— Na Corte?

— Estávamos no tempo do Império, Sérgio. D. Pedro II reinava aqui no Rio de Janeiro, onde ficava a sede da coroa, lá na Quinta da Boa Vista, em São Cristóvão. Aluísio Azevedo nasceu em 1857. *O cortiço* foi publicado em 1890. No tempo de estudante, ele já havia morado em pensões, casas de cômodo, repúblicas. Depois, como jornalista, frequentou mansões aristocráticas nos bairros de Laranjeiras, Cosme Velho e aqui, em Botafogo. Mas ele não conhecia os cortiços nem os hotéis baratos.

Estavam comendo um prato feito, de macarrão com frango assado, numa mesa de plástico na calçada.

— Os primeiros apontamentos de Aluísio para escrever *O cortiço* são de 1884. Ele começou fazendo excursões pra estudar os costumes das classes menos favorecidas. Saía disfarçado... tamanco sem meias, calças remendadas, de zuarte, que era um tecido barato da época, camisas rotas nos cotovelos, chapéus surrados e cachimbo no canto da boca. Ele andava aqui por Botafogo, por estas mesmas ruas, entrando nos cortiços e nos botequins, buscando cenas pro livro. Ele perseguia os personagens na rua, e depois os copiava em detalhes. Chegava a fazer bonecos de madeira e papelão, assim, mais ou menos de um palmo de altura... Pintava com aquarela, colava os desenhos na madeira e colocava os bonecos em cima da mesa, fazendo com que eles representassem a cena para ele...

Eduardo via o interesse do filho nas descrições dos métodos de trabalho do escritor, e se empolgava.

— Aluísio combinou vários métodos para escrever *O cortiço*... Pesquisas sociológicas de campo, conhecimentos filosóficos, leituras científicas... Foi um leitor de Darwin, um naturalista inglês que criou a teoria da evolução da espécie, adepto do determinismo biológico... Ele dizia, simplificando, que nós somos um resultado do meio em que vivemos... Aluísio estudou também fisiologia, psicologia, artes plásticas... Ele era um grande desenhista.

— Pô, o cara tinha um trabalho danado.

— Ele dizia que, se o público soubesse quanto custava ser naturalista, pagaria seus romances a peso de ouro. Um amigo dele escreveu no jornal que viu Aluísio num botequim aqui de Botafogo, disfarçado, conversando com um negro lutador de capoeira, e que depois viu ele correndo pra casa, pra escrever sobre o negro, ainda "sob o domínio imediato das impressões", como ele dizia.

— Irado.

— Pra escrever *O cortiço* ele alugou um quarto num cortiço de verdade, aqui de Botafogo. O problema é que começou a fazer tantas perguntas que acharam que ele era agente da polícia e teve de fugir pra não ser morto.

O dia da mudança para o conjugado se aproximava. Eduardo estava satisfeito. Sérgio, apesar de ainda contrariado, mostrava às vezes curiosidade por alguns aspectos da aventura, principalmente quando o pai mencionava o trabalho de detetive, os métodos de investigação de Aluísio Azevedo e dos naturalistas. Isso fazia Eduardo confiar em que tudo ia dar certo, embora ainda, na maioria do tempo, Sérgio deixasse claro que preferia ir com a mãe para Búzios.

Cristiano não ajudava muito, fazendo questão de mostrar as bermudas novas, a prancha, o equipamento de mergulho e toda a parafernália que Cristina parecia comprar de propósito, só para tornar as coisas mais difíceis.

Por isso, quando ela e Cristiano afinal partiram, num fim de tarde de sexta-feira, Eduardo teve de confessar a si mesmo que sentiu um certo alívio.

Ficou sozinho com Sérgio no apartamento.

O filho ligou para os amigos, se despedindo, com a desculpa de passar com o pai as férias numa praia do litoral de

Pernambuco. Eles já tinham estado lá de verdade. Isso ajudaria nas mentiras, na volta às aulas, e ele podia até usar as fotos antigas. De resto, era torcer para que ninguém o visse ali pelo bairro, usando roupas de brechó e andando com o pai. Seria o maior mico da vida dele. Melhor mudar de cidade se isso acontecesse.

Eduardo teve medo que o filho fugisse para Búzios e anunciou que a aventura começaria no dia seguinte. Sábado de manhã.

• 6 •

À ponta de faca

Eduardo e Sérgio saíram do prédio vestidos normalmente, mas, por baixo das roupas caras, usavam camisetas e *jeans* surrados. Cada um levava uma mochila de couro, de grife, mas dentro delas havia uma outra, de plástico, de camelô.

Na tentativa anterior de vestir os disfarces haviam tido muita dificuldade de se trocar dentro dos banheiros imundos dos botequins, por isso agora usavam as roupas de brechós já por baixo. A cada banheiro que entravam tiravam uma peça e enfiavam dentro da mochila. Por último, enfiaram a própria mochila cara dentro da de plástico.

Chegaram à praia de Botafogo. Sérgio parecia muito tenso. O pai resolveu aliviar a pressão conversando:

— Com essa vista... Aqui já foi um dos lugares mais nobres da cidade — disse, apontando as montanhas do Pão de Açúcar, à direita. — Aqui os milionários construíram mansões espetaculares. Fizeram prédios para embaixadas. Instalaram grandes empresas. Naquele prédio ali inauguraram a primeira escada rolante da América Latina!

— Não tá parecendo um lugar muito nobre não...

— Pois é. Os trabalhadores erguem os prédios e depois não têm para onde ir, aí vem os empregados domésticos, os prestadores de serviços, os pequenos comerciantes... e formam favelas, ou cabeças de porco.

— Por que têm esse nome?

— Cabeça de porco era o nome do maior cortiço que já existiu na cidade, no século XIX. Mais de duas mil pessoas moravam lá. Ficou muito famoso e o nome pegou. Um prefeito chamado Barata Ribeiro botou ele abaixo em 1893. Vê? É como eu disse. Esses grandes prédios de apartamentos são os cortiços de hoje. Até no nome.

— Tô ficando nervoso.

— É. Eu também. Vamos parar pra tomar uma água.

Encostaram no balcão de um botequim e descansaram.

— Olha as pessoas, Sérgio.

— Tô olhando.

— Nós vamos passar dez dias entre elas.

— Quero ir pra Búzios.

— Uma coisa que o jornalismo me ensinou, mas que depois eu esqueci, foi a me interessar pelas pessoas. Não o interesse de um comerciante pra vender coisas... Ou de um político ou religioso pra convencer os outros... mas o interesse no ser humano que existe dentro de cada um desses aí, que tão passando... interesse na vida deles, nos dramas, nos sonhos...

— Mas são milhões de pessoas, velho. Você nunca vai poder saber da vida de todos. Não quer deixar isso pra lá, não?

— Se a gente vê só a multidão, e não o indivíduo, perde a humanidade, entende? Aquele cara ali, aquele de camisa azul, vendo assim você diz que é um cobrador de ônibus como milhares de outros... mas o cara pode ser um cobrador de ônibus e um grande músico, um mestre do violão, sabe lá...

— Será? Com aquela cara? Tô achando meio difícil.

— Olhar pra ele e enxergar só o cobrador é o que se chama preconceito. Mas se você for lá e conversar com ele, garanto que vai descobrir que ele tem uma história de vida, um propósito... Um sonho. Isso é suficiente pra se respeitar o outro.

— Você não tá fazendo tudo isso, tipo assim, só porque eu disse que deviam matar todos os pivetes, não é não?

Era uma boa pergunta. Eduardo mentiu:

— Não, filho. Claro que não.

Saíram do bar, atravessaram a rua Alfredo Gomes, andaram uns duzentos metros e pararam, à sombra de uma árvore, diante do prédio.

— É esse aí — disse Eduardo, passando a mão no suor da careca e apontando com o queixo.

Era uma construção gigantesca. Quinze andares. A fachada, pintada de azul-escuro, mostrava tantos remendos de massa branca que parecia um pijama de bolinhas.

Havia grades na portaria, mas o movimento de pessoas entrando e saindo era tanto que elas estavam escancaradas, descascadas, enferrujadas, partidas. Um bêbado dormia junto a elas, com a cara colada pela baba no chão imundo da calçada. Muitos homens estavam parados em volta do prédio, encostados nas paredes, a maioria velhos. Dezenas de camelôs expunham suas mercadorias em tabuleiros abertos na calçada. Um ponto de ônibus recolhia e despejava gente embaixo de uma marquise negra de fuligem. Um menino de rua dormia sob a marquise. Todas as coisas estavam pichadas, as paredes, as grades, os troncos da árvore, os muros, a marquise.

— Hoje é sábado — disse Eduardo.

— Bom saber.

— Tô me sentindo como o Miranda.

— Que Miranda?

— Um personagem do livro do Aluísio Azevedo. Miranda era o dono do sobrado ao lado. Um comerciante rico, do ramo de tecidos, que tinha loja no centro da cidade. Ele ficava da janela olhando o movimento do povo no cortiço... Já li tantas vezes o livro que sei pedaços de cor... "[...] Miranda assustava-se, inquieto com aquela exuberância brutal de vida, aterrado defronte daquela floresta implacável que lhe crescia junto à casa..."

— É pra ficar assustado mesmo.

— É impressionante como Aluísio Azevedo já descrevia essas cenas, há mais de cem anos... Olha essa calçada... "E, durante muito tempo, fez-se um vaivém de mercadores [...] Vieram os ruidosos mascates, com as suas latas de quinquilharia [...] Cada vendedor tinha o seu modo especial de apregoar [...] E de todos os casulos do cortiço saíam homens para as suas obrigações [...] Mas o trabalho aquecia já de uma ponta a outra da estalagem; ria-se, cantava-se, soltava-se a língua; o formigueiro assanhava-se [...] " "Casulo"... "Formigueiro"... é exatamente...

— ... o tal "naturalismo".

— É. E também jornalismo... É por isso que eu estou aqui, Sérgio. Refazer *O cortiço* é uma...

— Demorô. Mas vamos logo que eu tô apertado. Qual que é o apê?

— O número tá aqui — Eduardo tirou o chaveiro do bolso e leu. — 1043.

— Esse deve ser o número do prédio, tá ligado...

— Não. É o apartamento mesmo.

— Tipo assim... cê tá querendo dizer que tem 43 apês por andar?

Eram mais.

Para ser exato, 54 apartamentos em cada um dos 15 andares. Oitocentos e dez "casulos", todos do mesmo tamanho, abrigando uma média de três moradores. Mais ou menos umas duas mil e quinhentas pessoas no "formigueiro".

Foram fazendo as contas enquanto subiam de elevador, as paredes de aço arranhadas de alto a baixo. Haviam passado pelo porteiro, um homem atarracado e com um enorme bigode, que apenas acenou com a cabeça quando Eduardo explicou que ia para o 1043, e que era o amigo do Zeca. Ninguém se importava.

Chegaram ao primeiro andar pela escada. O elevador não estava descendo até a portaria. Aproveitaram para caminhar pelo corredor comprido, escuro, pichado, com dezenas de portas. Foram até uma extremidade, fingindo estar perdidos, e contaram 54 portas. Subiram de elevador até o décimo andar.

O corredor era ainda mais sombrio e abafado. Muitas portas estavam abertas, soltando um bafo forte de fritura e creolina. Um aparelho de som despejava música sertaneja em alto volume. Olharam para dentro de um apartamento e um homem muito gordo, só de calção, sentado numa lata, consertava uma bicicleta. Era uma oficina. Havia bicicletas e peças soltas por todos os lados.

De tempos em tempos as iniciais de uma conhecida facção criminosa apareciam pichadas nas paredes.

— As portas são diferentes — notou Eduardo.

— E daí?

— Fica calmo. Tá tudo bem. Tô só reparando que não tem uma porta igual à outra. Num ambiente todo igual, é como se eles quisessem fazer suas marcas pessoais. Vou anotar isso.

Uma delas se abriu de repente e os dois tiveram de pular para trás, porque uma onda de espuma azul-clara jorrou lá de dentro, como se o apartamento estivesse babando, raivoso.

Um mulato magro veio logo atrás, empurrando a água

com o rodo, xingando a máquina de lavar e os ralos entupidos, e continuou empurrando a espuma até a escada.

Uma criança surgiu chapinhando na água, correu, bateu contra as pernas de Sérgio e entrou por uma das portas abertas, sumindo entre uma pilha de roupas úmidas penduradas num secador.

Os dois pararam diante de uma porta coberta por uma placa de fórmica cinza.

— Isso é uma porta de armário — disse Sérgio.

— É. E de escritório.

O número 1043 estava riscado nela, à ponta de faca. Eduardo rodou a chave e entraram.

• 7 •

Decoração de casulo

Eduardo reconheceu o cheiro.

— Gaiola suja — e abriu a janela para o ar entrar.

Sérgio deu cinco passos e parou.

— Mas é pequeno demais.

— Olha lá! Bem que o Zeca falou! Dá pra ver a praia! E um pedaço do Pão de Açúcar!

Era verdade, mas só se a pessoa inclinasse o corpo perigosamente para fora da janela; do contrário, o que se via, a poucos metros, era uma parede cinza imensa, sinistra, com centenas de basculantes encardidos.

Sérgio não saía do lugar:

— A gente não vai poder ficar aqui, tá ligado?

— Sabe o que o Zeca fez com o dinheiro que eu paguei por estes dias de aluguel?

— Não sei, nem quero saber.

— Foi pra Sergipe de avião. Disse que nunca tinha andado de avião. Era o sonho da vida dele. O sujeito que lava o meu carro tinha um sonho, e eu nunca ia saber.

— Fala sério! É menor que o meu quarto! Como é que a gente vai dormir?

— Olha o sofá-cama aí. E ele falou que tem um colchonete em cima do armário. Ah, olha lá ele.

O armário tinha uma porta só, rachada, e as dobradiças eram pedaços de lata pregados. Estava vazio. Eduardo esvaziou sua mochila, pendurando as roupas.

— Não tem dois cabides iguais.

Sérgio nem tirara a mochila do ombro.

— Relaxa, garoto. A gente se acostuma.

— Eu não quero me acostumar!

Eduardo escondeu as mochilas e as roupas caras. Depois estendeu o colchonete, na parede oposta, do outro lado da janela.

— Aqui é o teu quarto — apontou para o chão. — Não me olhe com essa cara. Cadê teu espírito de aventura?

Sérgio jogou a mochila sobre o colchonete e foi ao banheiro.

— Cara! Vem ver uma coisa! — gritou lá de dentro.

Sérgio afastava uma cortina de plástico e apontava para uma máquina de lavar, dentro do boxe, quase embaixo do chuveiro.

— É prático — disse o pai. — O sujeito toma banho e lava a roupa ao mesmo tempo.

O banheiro tinha uns dois metros quadrados. Havia uma privada azul-clara, uma pia bege, um piso de cerâmica branco e azulejos amarelos cobriam a metade das paredes. O teto estava esburacado, mostrando um cano de plástico remendado com uma massa cinza. Ao redor do cano, uma mancha de umidade verde-musgo produzia um desenho abstrato, no qual Eduardo viu um elefante amassado e Sérgio não quis ver nada.

— Zeca explicou que esse cano já tá consertado — disse Eduardo. — O vazamento é do vizinho. Não o daqui de cima, que é gente boa, mas o de três andares pro alto, que é um ex--policial barra-pesada.

Sérgio tentou dar a descarga, apertando um pino que saía de entre os azulejos amarelos, como uma verruga, mas nada aconteceu.

— Ele avisou também que a descarga quebrou. Pra ser mais exato, ela nunca funcionou. Tem que usar o balde que tá lá na cozinha. Mas, se for só xixi, basta abrir a torneira da pia, assim...

Eduardo abriu a torneira. A água saiu por baixo da pia, por um cano em curva, e caiu direto na privada.

— Viu? Não é criativo? Com um movimento só você lava as mãos e dá a descarga.

Sérgio estava angustiado. Passar dez dias ali dentro seria uma tortura. Foi para o colchonete, sentou, tirou o *walkman* da mochila e ficou ouvindo *rock*, quase chorando.

Eduardo sentiu-se triste e inseguro. Era uma ideia absurda forçar o garoto a ficar ali com ele. Mas agora, se voltasse atrás, seria ainda pior, perderia o respeito do filho, daria um exemplo de desistência diante das dificuldades. Precisava ir adiante, enfrentar aquela situação, fazer a pesquisa, escrever o livro.

Mediu o único cômodo: oito passos de comprimento, por quatro de largura.

Uma única janela. O armário, o sofá-cama, uma mesa de ferro com dois bancos de madeira sem encosto e uma cadeira de plástico. Uma outra mesa pequena, com pernas de aço e tampo imitando mármore, com uma tevê pequena em cima.

No chão, um ventilador, uma pilha de caixas de sapato e um caixote de madeira, onde Zeca disse que ia guardar suas coisas pessoais, "pro dotô ficar mais à vontade". Num canto, uma geladeira branca, coberta com adesivos de restaurantes sobre os pontos de ferrugem, com o motor roncando.

A cozinha era uma espécie de nicho na parede, junto à porta de entrada. Havia duas prateleiras no alto, com potes de plástico e panelas, e mais duas embaixo da pia, com mais panelas, potes, caixas e produtos de limpeza. Ao lado da pia, na bancada, um pequeno fogão de duas bocas, com o forno embaixo, coberto de crostas escuras de gordura. A mesma gordura se estendia sobre os azulejos em volta. Ao redor da torneira, círculos concêntricos de musgo verde brotavam de um vazamento na parede.

Ainda sobre a bancada, um liquidificador branco. Eduardo chamou o filho. Teve de gritar três vezes até Sérgio aparecer.

— Lembra dele? — apontou.

— É o liquidificador velho lá de casa — reconheceu Sérgio.

— Sua mãe disse que ia dar pros porteiros.

Os dois voltaram para a "sala". Sérgio sentou no sofá-cama. Eduardo ficou de pé, com as mãos nos quadris:

— Esses objetos todos... esse sofá-cama... O Zeca decorou o apartamento com o que ganhou dos moradores lá do prédio, percebe? Por isso nada combina com nada. Sua mãe ia ficar maluca se visse essa decoração. São as migalhas que caem das mesas dos ricos. Vou anotar isso.

Pegou sua pasta preta e abriu-a sobre a mesa.

Ali estava a sua tese, as folhas amareladas pelo tempo; o seu exemplar de *O cortiço*; dois cadernos grandes e duas lapiseiras importadas; um gravador de bolso e uma câmera digital minúscula.

Eduardo fotografou todo o apartamento, cada objeto, da sala à cozinha. Depois sentou e começou a fazer anotações.

Achou que aquilo impressionaria o filho. Funcionou. Sérgio acompanhou seus movimentos. Curioso.

Eduardo abriu o livro:

— Quero mostrar como os cortiços cresceram, até se transformarem num prédio como este... Aluísio descreveu bem isso aqui... Vou separar trechos... João Romão, o português, ajudado pela escrava Bertoleza... Está aqui... "João Romão comprou então, com as economias da amiga, alguns palmos de terreno ao lado esquerdo da venda, e levantou uma casinha de duas portas, dividida ao meio paralelamente à rua, sendo a parte da frente destinada à quitanda e a do fundo para um dormitório [...]" Daí ele foi comprando mais terrenos em volta, para construir os quartos do cortiço... aqui... "Que milagres de esperteza e de economia não realizou ele nessa construção! Servia de pedreiro, amassava e carregava barro, quebrava pedra; pedra, que o velhaco, fora de horas, junto com a amiga, furtava à pedreira do fundo, da mesma forma que subtraíam o material das casas em obra que havia ali por perto". Tá vendo, Sérgio? É a mesma situação. O nosso liquidificador... Ir construindo a vida com o que sobra, com o que se consegue pegar... "[...] João Romão vivia exclusivamente para essa ideia; sonhava com ela todas as noites; comparecia a todos os leilões de materiais de construção; arrematava madeiramentos já servidos; comprava telha em segunda mão; fazia pechinchas de cal e tijolos; [...] tábuas e sarrafos, troncos de árvore, mastros de navio, caibros, restos de carroças, chaminés de barro e de ferro, fogões desmantelados [...]" Essa foi a base dos cortiços! E essa é a base do que a gente tá vendo aqui, neste apartamento!

Esperava empolgar o filho. E por breves instantes via o interesse nos olhos de Sérgio. Mas eram breves mesmo, porque o garoto logo voltava a demonstrar como estava contrariado com tudo aquilo. Eduardo insistia:

— Eram todos iguais... quartinhos com apenas uma janela e uma porta... Exatamente como este! E abafado também. O ar não circula aqui dentro. Só se abrir a porta, como a gente viu aí no corredor. Era o mesmo nos cortiços. Tanto que, quando havia epidemias aqui no Rio, como a febre amarela e a varíola, as pessoas culpavam os cortiços, diziam que era a partir deles que as febres se alastravam. Os jornais faziam campanha pra que se destruíssem todos os cortiços, pediam leis contra eles, mas os políticos não faziam nada, porque muitos deles eram proprietários de cortiços, em segredo. Dizem que até o conde D'Eu, genro do imperador, tinha um, mas isso pode ser intriga dos republicanos... De qualquer maneira, os cortiços só cresciam... Escuta só: "[...] surgiam chalés e casinhas da noite para o dia; [...] enchiam-se logo, sem mesmo dar tempo a que as tintas secassem. Havia grande avidez em alugá-las [...] não impediu que as casinhas continuassem a surgir, uma após a outra, e fossem logo se enchendo, a estenderem-se unidas por ali a fora..."

— Dá pra parar de ler? Tô cheio de fome.

— Vamos comer.

— Você não vai usar aquela cozinha, vai?

— Seria um risco muito alto. A gente pode ir lá na rua.

Saíram. O corredor, deserto e sombrio, metia medo. Quando entraram no elevador notaram uma menina, da idade de Sérgio. Era uma morena realmente bonita, e o elevador pareceu ainda menor do que era.

Eduardo notou a reação de Sérgio. Quis brincar, mas descobriu que não tinha intimidade com o próprio filho.

• 8 •

Promessa de beijo

Almoçaram um prato feito com carne de segunda, feijão, arroz e um macarrão avermelhado, num botequim que espalhava mesas de alumínio pelos corredores de uma galeria sombria e suja, no térreo do edifício vizinho, também um cabeça de porco famoso.

Era sábado, as pessoas pareciam excitadas por isso, muitos grupos tomavam cerveja aos berros, havia máquinas de videopôquer e fliperamas encostados nas paredes, e música, música muito alta. Almoçaram calados. Eduardo passou todo o tempo tentando encontrar um assunto, na esperança de fazer o filho se interessar pelo que acontecia em volta, mas não conseguiu. Sérgio comeu olhando para o prato, sem desfazer um minuto aquela expressão contrariada.

E, calados, subiram de volta ao apartamento. Sérgio se jogou no colchonete, com o fone de ouvido, e ficou olhando para o teto. Eduardo voltou às anotações. Era para isso que estava ali.

Estabelecera como método de trabalho, para chegar a uma versão "atualizada" *d'O cortiço*, viver as situações reais, anotá-las ainda no calor da experiência, exatamente como fez

Aluísio Azevedo, e depois selecionar trechos do livro para fazer uma comparação.

Anotou então o que viu e o que sentiu no lugar onde acabara de almoçar, descreveu as pessoas e o ambiente, lembrou até os pratos do cardápio. Em seguida, procurou no livro uma descrição sobre o refeitório, que era chamado "casa de pasto", que João Romão abrira ao lado da venda, e onde a negra Bertoleza trabalhava como cozinheira:

Ao lado, na casinha de pasto, a Bertoleza, de saias arrepanhadas no quadril, o cachaço grosso e negro, reluzindo de suor, ia e vinha de uma panela à outra, fazendo pratos, que João Romão levava de carreira aos trabalhadores, assentados num compartimento junto. Admitira-se um novo caixeiro, só para o frege, e o rapaz, a cada comensal que ia chegando, recitava, em tom cantado e estridente, a sua interminável lista de comidas que havia. Um cheiro forte de azeite frito predominava. O parati circulava por todas as mesas, e cada caneca de café, de louça espessa, erguia um vulcão de fumo tresandando a milho queimado. Uma algazarra medonha em que ninguém se entendia! Cruzavam-se conversas em todas as direções, discutia-se aos berros, com valentes punhadas sobre as mesas. E sempre a sair, e sempre a entrar gente, e os que saíam, depois daquela comezaina grossa, iam radiantes de contentamento, com a barriga bem cheia, a arrotar.

Uma descrição perfeita, pensou. E atual. Copiou todo o trecho em seu caderno, cada vez mais certo de que aquela reportagem daria um grande livro. Queria aproveitar os dez dias para escrever muito, todas as suas impressões, análises e conclusões, tudo que lhe viesse à mente. Teve vontade de ler o trecho do livro para Sérgio, mas viu que o filho dormia. Aproveitou o silêncio e o isolamento para continuar trabalhando até o final da tarde.

Sérgio acordou e foi ao banheiro.

Já estava escuro. O pai escrevia, sob a luz fraca de um abajur quebrado. Sorriu quando o filho passou, mas recebeu de volta uma mistura de raiva, tédio e desprezo. Continuou escrevendo. Já havia enchido mais de dez páginas, à mão, como nos tempos da faculdade, quando não tinha dinheiro nem para uma máquina de escrever, como um jovem idealista, com um propósito definido, acreditando no que fazia.

Quando Sérgio voltou a se atirar no colchonete, quis mostrar ao filho como se sentia feliz e empolgado, e propôs ler o que escrevera. Ouviu um seco e debochado...

— Me poupe.

Engoliu aquilo, com um sorriso amarelo. Sérgio se esticou e ligou a tevê, sem perguntar se ela atrapalharia o trabalho do pai. Eduardo não reclamou, não queria contrariá-lo ainda mais, e começou a guardar seu trabalho de volta às pastas.

A tevê não pegou. Sérgio deu alguns tapas nela e sentou-se no sofá-cama, furioso.

— Esqueci de dizer — disse o pai. — Ela tá quebrada. O Zeca avisou.

— "Esqueci de dizer"?! — gritou Sérgio. — Você acha que eu vou ficar aqui trancado com você dez dias sem nem tevê? Pirou? Tá maluco ou o quê?

— Você não pode ficar dez dias sem ver tevê e eu é que tô maluco?

— Ninguém merece.

— Se você me ajudar a gente vai ter muito que fazer, filho.

— Cara, eu não vou ficar aqui trancado contigo, sem computador, sem telefone!

— Você podia ler *O cortiço* e...

— Eu não vou ler droga de livro nenhum nas férias!

— Podia procurar os trechos pra mim... Me ajudar com as anotações de campo. Garanto que se a gente conversar sobre o almoço de hoje você vai me passar impressões que eu não...

— Quer parar de encher! Ainda não se tocou que eu tô fora?! Não quero te ajudar! Não quero ler! Não quero saber de nada disso! Quero ir embora daqui! É sábado à noite e eu tô trancado com meu pai num lugar de pobre desses! Eu quero ir embora agora! AGORA!

— Cara, sabe que eu já tô cheio de você? — Eduardo falou isso com toda a calma.

— E eu tô cheio de você também!

— É, só que isso não é nenhuma novidade. Você tá sempre cheio de mim. O que eu tô sentindo é que é diferente, porque eu sempre te amei com todas as minhas forças, Sérgio. Eu aturei todas as tuas crises. Eu sempre desculpei a tua falta de consideração, de carinho. Sempre procurei atender os teus caprichos. Sempre aguentei tua rejeição. Sempre passei a mão na tua cabeça. E fiz tudo isso porque gosto mais de você do que de mim mesmo. Mas agora, aqui, vou te dizer uma coisa, com toda sinceridade: cara, você é chato pra caramba e eu tô de saco cheio de você.

Sérgio ouviu aquilo meio espantado, e respondeu automaticamente:

— É? Então somos dois, tá ligado?!

— Acontece que pra chegar a esta triste conclusão eu passei anos pensando no assunto, me analisando, criticando meus atos, a educação que eu te dei, "à luz" de todas as teorias psicanalíticas já criadas... enquanto você tá cheio de mim só porque eu tenho duas características: sou mais velho, e teu pai.

— Não tô a fim de papo! — e Sérgio foi pegar os fones de ouvido, no colchonete. Mas Eduardo chegou antes.

— Não, garoto. Agora a gente vai conversar. Nada de entorpecer o cérebro com música pra não pensar.

— Me dá isso!

— Não vou dar não! Senta aí!

Sérgio ficou assustado e sentou.

— Se você soubesse como tá me custando dizer isso, filho... mas, se tem alguém "aturando" alguém aqui, sou eu! Já reparou que eu passei o dia todo tentando ser agradável, procurando fazer você se sentir bem?...

— Foi ideia tua! Eu não quis vir! Eu não quero ficar aqui!

— Tudo bem. A gente conversou antes. Eu praticamente pedi pra você me acompanhar. Será que é uma coisa tão horrível assim passar dez dias com o pai?

— É.

— Não posso acreditar nisso, entende? Seria ruim demais pra mim. Prefiro achar que você é um garoto cheio de caprichos, e que tá muito abalado porque tem medo de ficar um tempo longe da "galera".

— Você não sabe o que tá...

— Cara... a gente fica querendo agradar vocês de todo jeito, e é maltratado o tempo todo, e aguenta firme, porque no fundo tem medo de que os filhos deixem de gostar da gente. Temos medo que vocês nos desaprovem, temos pavor que nos odeiem. É por isso que fazemos todas as vontades dos filhos. Temos medo de vocês.

— Eu não tô nem aí pra que...

— ... às vezes a gente até tenta contrariar um pouco, impor alguns limites, mas descobre logo que é tarde demais. O mundo tá difícil, garoto.

— Isso tudo que você tá dizendo é problema teu.

— Acontece que eu mudei, Sérgio. Tô tentando salvar minha vida. Tenho certeza absoluta de que tô no caminho certo. E quando a gente chega a essa conclusão começa a ter certeza também sobre todo o resto. Tenho certeza de que quero que você me acompanhe nestes dez dias de pesquisa. Sei o que estou fazendo. Não tô aqui pra mendigar a tua atenção, nem tão preocupado assim que você goste ou não de mim. Vou te dar limites, garoto. E te ensinar algumas coisas. E quero só dez dias.

— Eu não tenho escolha, não é? Tô preso aqui e...

— É. Garoto esperto. Não tem escolha mesmo. Mas não vou te obrigar a nada. Quero só que você fique do meu lado, e não encha a paciência. Vou trabalhar e não quero ser incomodado, porque o que eu tô fazendo é muito importante, entendeu? Tô fazendo um livro! Um livro, sabe o que é isso?! Preciso de silêncio! Nada de falar ou colocar música alta ou qualquer outro tipo de capricho adolescente aqui! Se quiser me ajudar, vai me fazer o pai mais feliz do mundo. Se não quiser, pode ficar aí tapando os ouvidos com música e olhando pro teto, pensando no que a "galera" tá fazendo e que você tá perdendo.

— E é isso que eu vou fazer mesmo!

— Grande! Aproveita e faz ginástica também. A adrenalina! Você sabia que a adrenalina é um anestésico cerebral? Há quanto tempo você não lê um livro?

— Não interessa!

— É. Não serve pra nada, não é? Pra que saber palavras novas, aumentar o vocabulário? Certo. Pode ficar com o teu universo de trezentas palavras.

— Você tá dizendo que eu não tenho escolha, então pronto! Vou ficar aqui! O que mais você quer? Não precisa de todo esse sermão!

— Os mais velhos são idiotas, tão por fora, não é? Vocês é que são espertos!

— E vocês são? — gritou Sérgio. Estava se sentindo meio acuado e com medo.

— Não, garoto. Somos velhos, bobos e idiotas, mas pelo menos não nos iludimos. Sabemos disso. Mas vocês se acham espertos... se defendem de nós, levantam muros altos, fazem tatuagens, colocam *piercings*, aumentam o volume das músicas, se protegem nas "galeras"... Que droga de vida! A geração de vocês tá lutando pra *ter* as coisas, pra manter o "padrão de vida". Querem é consumir! Preferem mil vezes uma tevê grande e um carrão importado do que conhecer o mundo e as outras pessoas! Você quis matar os pobres por causa de um tênis!

— Tá vendo? Eu sabia! Tá me castigando porque eu...

— Ficar dez dias com o pai é um castigo... Eu mereço. Tudo bem. Filho, você sabe o que tô tentando fazer com você?

— Me castigando! Me castigando!

— Para com isso! Eu descobri que posso te dar mais do que uma boa mesada, colégios particulares e viagens! E é isso que eu tô fazendo!

— O quê?

— Posso te mostrar o mundo.

Sérgio se deitou no colchonete, com os pés virados para a janela, e ficou olhando a noite lá fora, as outras janelas, escutando as tevês ligadas. Todas na mesma novela.

Eduardo sentia-se mal, desconfortável, culpado por ter falado demais. Abriu o sofá-cama, estendeu um lençol, apagou o abajur e deitou também.

Lembrou de um velho ditado indiano que havia lido no jornal: "As mães servem para colocar os filhos no colo, e mostrar a eles como o mundo é bonito e confortável.

Os pais servem para levar os filhos ao monte mais alto, e mostrar a eles como o mundo é grande".

Ficou bastante tempo assim, em silêncio, no escuro, ouvindo os sons daquele imenso formigueiro. Não tinha mais medo de ser pai.

— Sérgio... — acabou falando —, nem sei se você ainda tá acordado... e acho que é a pior hora pra falar sobre isso, mas tô aqui pensando... Sabe há quanto tempo a gente não se beija? Mais de sete anos. Antigamente a gente se encontrava e se beijava.

Sérgio não respondeu. Eduardo continuou:

— Eu sei que agora você tá mais pra me matar, mas vou propor um acordo... que tal a gente voltar a se beijar? Quando eu ficar velho... velho de verdade. Digamos, daqui a quinze anos?

O silêncio continuou, pesado. Eduardo ficou triste, pensando que, se havia um culpado por toda aquela distância entre os dois, era ele, o pai. Estava quase dormindo quando ouviu:

— Tá legal. Daqui a QUINZE anos.

• 9 •

Cara azeda

Acordou com um grito. Alguma coisa se espatifou, junto à sua cabeça, do outro lado da parede, no vizinho da esquerda. Um grito de mulher. Deu um pulo do sofá-cama. Sérgio também acordou e ficou sentado no colchonete, esfregando os olhos.

Os gritos de mulher continuaram, e mais coisas foram atiradas à parede. Uma homem xingava palavrões. Eduardo colou o ouvido na parede.

— É uma briga de casal — disse para o filho.

— Que horas são?

— 9h15. Eles começam cedo por aqui.

— Sabia que você ronca?

— Ronco nada. Caramba! Eles tão se pegando feio! Vou anotar isso!

Pegou o minigravador e começou a narrar, como um locutor esportivo, os diálogos acalorados do outro lado.

— Ele tá dizendo que ela não tem nada que se meter na vida dele! Ela diz que, enquanto ele morar com ela, vai ter de dizer onde passa as noites! Ele diz que vai quebrar a cara dela! “Quebra! Quebra! Tu não é homem pra isso!” Ih, acho que o sujeito deu um tapa! Parece que o cara só chegou em casa agora de manhã... ela acusa ele de ter outra... Ela falou que vai jogar as coisas dele pra fora do apartamento "dela"...

Sérgio voltou a deitar. Eduardo correu para a porta:

— A porta deles abriu! Que barraco! Tão discutindo no corredor! Ela tá jogando mesmo as coisas dele pra fora! Eu queria ver isso! As coisas não fazem barulho... devem ser as roupas... Ele tá dizendo que vai matar ela! Será que eu não tenho que fazer alguma coisa?

— Se mete não, velho. Volta pra cama que ainda é muito cedo pra ser herói.

— Ele tá dizendo que tudo bem! Que ela é uma maluca! Que não precisa de nada dela, muito menos daquele apartamento miserável... Ela só xinga ele...

— Dá pra ouvir daqui.

— Essa droga de porta de escritório não tem nem um olho mágico! Ela tá gritando que os CDs são dela, que ele deu pra ela! Ele diz que ela não merece. Acho que ele tá tirando as coisas dele. "É minha coleção do Roberto Carlos!" "Você não vai precisar mais dele, sua bruxa!"... acho que agora foi ela que deu um tapa nele...

Pouco depois do tapa eles fizeram as pazes, recolheram tudo de volta para o apartamento e bateram a porta. Eduardo colou o ouvido na parede e só ouviu a música do Roberto Carlos.

Abriu as pastas de trabalho sobre a mesa, transcreveu a fita para o caderno principal, anotou algumas considerações sobre as relações dos casais convivendo num espaço tão apertado e, para finalizar, procurou n'*O cortiço* um trecho de que se lembrava, sobre uma briga de marido e mulher. Encontrou, quase na metade do livro:

Henriquinho, um estudante ("[...] tinha quinze e vinha terminar na corte alguns preparatórios que lhe faltavam para entrar na Academia de Medicina.") que morava no rico sobrado do Miranda, há tempos paquerava Leocádia, uma lavadeira do cortiço, casada com um ferreiro chamado Bruno ("[...] portuguesa pequena e socada, de carnes duras, com uma fama terrível de leviana entre as suas vizinhas."). Um dia o rapaz mostrou um coelhinho branco, e disse que o daria a ela se ela fizesse as suas vontades. Ela aceitou, e foram a um capinzal nos fundos do cortiço. O marido descobriu. Henrique conseguiu fugir sem ser visto, mas começou a briga.

Quando o ferreiro, logo em seguida, chegou perto da mulher, esta ainda não tinha acabado de vestir a saia molhada.
— Com quem te esfregavas tu, sua vaca?! bradou ele, a botar os bofes pela boca.
E, antes que ela respondesse, já uma formidável punhada a fazia rolar por terra.
Leocádia abriu um berreiro. E foi debaixo de uma chuva de bofetadas e pontapés que acabou de amarrar a roupa.

[...] O escândalo assanhou a estalagem inteira, como um jato de água quente sobre um formigueiro.
[...] Entretanto, o Bruno entrara em casa e lançava pela janela cá para fora tudo o que ia encontrando pertencente à mulher. Uma cadeira fez-se pedaços contra as pedras, depois veio um candeeiro de querosene, uma trouxa de roupas, saias e casaquinhos de chita, caixas de chapéus cheias de trapos, uma gaiola de pássaros, uma chaleira; e tudo era arremessado com fúria ao meio da área, [...]
[...] e a velha Marciana queixava-se de que lhe respingaram querosene na roupa estendida ao sol. [...] Fez-se logo um alarido entre as lavadeiras. "Aquilo não tinha jeito, que diabo! Armavam lá as suas turras e os outros é que haviam de aturar?!... Sebo! que os mais não estavam dispostos a suportar as fúrias de cada um! Quem parira Mateus que o

embalasse! Se agora, todas as vezes que Leocádia se fosse espojar no capinzal, o bruto do marido tinha de sujar daquele modo o trabalho da gente, ninguém mais poderia ganhar ali a sua vida!"

Continuou escrevendo, refletindo...

Aluísio Azevedo seguia à risca um dos princípios do naturalismo: o de descrever a realidade para mostrar como o meio condicionava o homem. O "meio", então, era a peça fundamental dos romances naturalistas. Por isso, o personagem principal do livro nem eram as pessoas, mas o próprio cortiço, que Aluísio tratava muitas vezes como um ser vivo, que nascia, crescia, mudava de personalidade, sofria. Eduardo procurou exemplos, e copiou no caderno:

O que aliás não impediu que as casinhas continuassem a surgir, uma após a outra, e fossem logo se enchendo, a estenderem-se unidas por ali a fora, [...] e avançassem sobre o quintal deste, que parecia ameaçado por aquela serpente de pedra e cal.

[...]

Eram cinco horas da manhã e o cortiço acordava, abrindo, não os olhos, mas a sua infinidade de portas e janelas alinhadas.

[...]

O fato abalou o coração do cortiço [...]

[...]

[...] O cortiço não dava ideia do seu antigo caráter, tão acentuado e, no entanto, tão misto.

[...]

Mas o cortiço já não era o mesmo; estava muito diferente; mal dava ideia do que fora.

Aluísio fazia as personagens do livro evoluírem em torno do cortiço para mostrar como a sucessão dos fatos e a influência do ambiente as levava a ser e agir daquela determinada forma. Os naturalistas queriam mostrar tudo para que a verdade surgisse. Queriam, como dissera um deles à época, "retratar o homem fisiológico — que defeca, come e faz sexo".

Uma das características do naturalismo era a "zoomorfização" dos personagens, descrevendo e associando os tipos e atos humanos aos animais. Havia exemplos dessas metáforas espalhados por todo o livro.

No capítulo XIII, para deixar claro como "... O número de hóspedes crescia [...]", Aluísio escreve que "[...] e as mulheres iam despejando crianças com uma regularidade de gado procriador".

No XVI, uma mulher, Piedade, é abandonada pelo marido... "E o mugido lúgubre daquela pobre criatura abandonada antepunha à rude agitação do cortiço uma nota lamentosa e tristonha de uma vaca chamando ao longe, [...] E Piedade, assentada à soleira de sua porta, paciente e ululante como um cão que espera pelo dono, maldizia a hora em que saíra da sua terra [...]."

E, é claro, o trecho mais famoso do livro, logo no primeiro capítulo, em que, para descrever a influência do clima tropical na formação do cortiço, Aluísio cria uma metáfora pantanosa... "E naquela terra encharcada e fumegante, naquela umidade quente e lodosa, começou a minhocar, a esfervilhar, a crescer, um mundo, uma coisa viva, uma geração, que parecia brotar espontânea, ali mesmo, daquele lameiro, e multiplicar-se como larva no esterco." A linguagem para essas análises e descrições tinha de ser forte e expressiva, direta e clara. O interesse pelo ser humano precisava ser verdadeiro, sem preconceitos, principalmente ao tratar dos menos favorecidos.

"Interesse pelo ser humano", Eduardo anotou nas margens do caderno. "Qualquer ser humano, independentemente de classe, cor, religião... Interesse. É isso que eu quero despertar no meu filho."

Escutou batidas na porta.

Levou um susto.

Eduardo se preparara para invadir a vida dos outros, mas não para que invadissem a sua.

Sérgio voltou a sentar na cama e esfregar os olhos:

— Pô, isso aqui é movimentado.

Eduardo guardou todos os papéis que estavam sobre a mesa e abriu a porta.

Era um velhinho muito magro e pequeno, com o cabelo liso e branco bem penteado para trás, e a barba feita, ainda cheirando a loção. Vestia uma camisa branca de manga comprida e uma calça *jeans*. Calçava tênis. Suas pernas eram atrofiadas e ele estava sentado numa cadeira de rodas.

— O Zeca tá aí? — o velho perguntou.

— Não. Ele viajou — Eduardo explicou, num tom de voz falso, se policiando para não falar palavras difíceis. — Foi visitar os parentes lá em Sergipe. Sou amigo dele. Ele emprestou o apartamento. Tô aqui no Rio com meu filho, procurando emprego.

Arrependeu-se por ter dado tanta explicação. O velho o olhava desconfiado:

— Tá certo. Acho que ele me disse qualquer coisa assim... mas esqueci...

— O senhor quer alguma coisa? Posso ajudar? — Eduardo se achou solícito demais.

— Nada não, pessoa. É que nos domingos, como era folga do Zeca, ele me levava até lá embaixo pra tomar sol.

— Se o senhor quiser eu posso fazer isso. Também preciso descer pra...

— Pode deixar que eu me viro. Não sou quadrado.

— Não custa.

— Então tá limpo. Mas tô vendo que o amigo aí ainda não acordou direito. Bate ali na minha porta depois. É no 1017, naquele canto onde o vento encosta o lixo.

Eduardo fechou a porta. Sérgio estava no banheiro, lavando o rosto. A água caía na privada, levando o xixi embora.

— Se arruma pra sair, garoto.

— Eu ouvi. Vamos passear com um velho numa cadeira de rodas. Programa irado.

Eduardo vestiu-se e colocou o minigravador no bolso dianteiro da calça folgada. Treinou ligar e desligar sem tirá-lo para fora.

Saíram. No corredor havia um cheiro de café e álcool. Dois negros muito fortes, sem camisa, passaram, olharam de alto a baixo para os dois e cumprimentaram. Um deles levava um saco com pães quentes. Um bebê berrava. Um brilho intermitente de solda elétrica aparecia por baixo de uma porta. Por outra, escancarada, vinha o barulho hipnótico de um pastor evangélico catequizando pelo rádio. Uma família inteira passou por eles. O homem de terno e Bíblia na mão, a mulher e duas filhas com cabelos na cintura e saias até os tornozelos.

— Estão com roupas de *"ver a Deus"*, como disse o Aluísio Azevedo — comentou Eduardo.

— Cara, você só pensa nisso.

Bateram na porta do 1017. Quando ela se abriu viram o velho na sala, sentado na cadeira de rodas, segurando uma corda na mão. A corda passava por argolas cravadas na parede do pequeno corredor da entrada e ia até a maçaneta.

— É estreito demais. Não dá pra abrir a porta com a cadeira de rodas — ele explicou. — Esse aí é o teu filho?

— É. Sérgio.

— Eu sou Matias.

— Eu me chamo Eduardo.

O filho olhou para o pai. Haviam combinado de dar outros nomes. Eduardo se esquecera. Tarde demais. O velho saiu e trancou o apartamento.

Uma das coisas que Eduardo pretendia fazer, mas não sabia como, era examinar os apartamentos por dentro, ver como as pessoas viviam, como decoravam os lugares, quantos moravam em cada um, de que jeito adaptavam o mesmo espaço às suas necessidades particulares. Queria comparar os espaços físicos atuais com os descritos n'*O cortiço*.

Aproveitou para olhar bem para dentro, quando o velho se virou para fechar a porta. Viu dezenas de tarrafas penduradas na parede. Uma delas aberta, esticada.

Quando o elevador chegou entenderam por que o velho precisava de ajuda: o elevador não parava rente ao chão, e sim mais alto, quase dois palmos. Precisaram erguer a cadeira.

Sérgio levou um susto. Lá estava ela novamente. A menina.

Desceram espremidos os dez andares. Calados.

No meio do caminho Matias perguntou se ela gostava de coalhada.

— Gosto sim — a menina respondeu.

— Então chama esse garoto aí — e apontou o dedo magro para Sérgio. — Ele tá com uma cara tão azeda que deve ser bom pra talhar leite.

Chegaram ao primeiro andar rindo, e tiveram de carregar a cadeira de rodas até a portaria.

• 10 •

Bendito é o frango

Eduardo pensou aproveitar o domingo para dar uma volta com o filho pelas ruas de Botafogo, mostrar a ele os lugares reais por onde Aluísio Azevedo andou, colhendo informações para escrever *O cortiço*; tentar interessar o filho, contando um pouco da história do bairro e da cidade... Não conseguiu fazer nada disso.

Matias pediu para que o deixassem na calçada, encostado na grade, ao sol.

— O senhor quer alguma coisa da padaria? — Eduardo perguntou.

— É. Seria bom. Mas esqueci o dinheiro lá em cima.

— Na volta a gente acerta.

— Então me traz quatro pães e um pacote de manteiga com sal.

— Tá bom.

— Espera — Matias segurou o braço de Sérgio —, pra falar a verdade, eu tava mesmo era precisando fazer umas compras. Tem um supermercado ali na rua Bambina que abre domingo de manhã. Lá também tem pão, e é até mais barato.

Foram pela rua Visconde de Ouro Preto, empurrando a

cadeira, dois quarteirões enormes até a Bambina, e depois até o fim da rua.

Eduardo aproveitou para fazer compras também, mas tomou o cuidado de não colocar nada caro no carrinho.

Sérgio empurrava a cadeira, enquanto Matias colocava suas compras num cesto, no próprio colo. Eduardo observou os dois de longe e, para sua surpresa, nas duas vezes Sérgio estava rindo.

Lembrou-se do que havia numa cesta básica, dessas que servem de cálculo para o salário mínimo, e comprou macarrão, café, feijão-preto, arroz, pão, mortadela, banana... Não pretendia cozinhar de verdade. Podiam descer para comer pratos feitos.

O caminho de volta foi penoso. Fazia muito calor. Sérgio empurrava a cadeira de rodas, e o pai carregava as compras. Matias ia descansado, mexendo com as mulheres, cumprimentando amigos nos botequins, apontando passarinhos nas árvores, fumando um cachimbo pequeno, escuro, que sumia na palma de sua mão direita. Comprou o *Jornal dos Esportes* e conversou com o jornaleiro, um italiano muito gordo que acompanhava uma partida de vôlei feminino numa tevê pequena. Falaram de futebol, sobre o jogo no final da tarde, no Maracanã.

Eduardo leu a primeira página do jornal em que trabalhara, esticada ao sol, por quatro grampos, na lateral da banca, como uma fronha secando. Teve de disfarçar uma emoção forte, a alegria de ter tido coragem de largar uma vida inteira para trás, o orgulho de se arriscar numa aventura, de realizar um sonho.

Mais adiante Matias pediu para Sérgio encostá-lo no balcão de um botequim e gritou lá para dentro:

— Ô Pernambuco, bota seis cervejas num saco aí!

— Vai pagar agora, vovô? — gritou lá de dentro um nordestino muito baixo, com uma camiseta do Botafogo.

— Vovô é o infeliz que dorme com a tua avó.

— Sem dinheiro não dá, Matias.

— Eu pago num dia mais feliz que hoje. Bota as garrafas no saco e não reclama. Quero aproveitar o carreto.

Eduardo pegou as cervejas no balcão.

— Esse aí tá mais carregado que crioulo em filme de Tarzan — Pernambuco comentou.

Na portaria Eduardo perguntou se Matias ia ficar encostado no muro, pegando sol.

— Tá me achando com cara de lagarto, pra pegar sol de meio-dia?

— Quer que a gente ajude o senhor a subir?

— Não. Me deixa ali na esquina. Vou me fingir de morto pra ver quem aparece no meu enterro. Que é que você acha?

Tiveram de subir com o velho escada acima. E com as compras.

No elevador Matias riu, e disse para Eduardo:

— Você se estropiou todo querendo me ajudar.

— Não. Tudo bem. Eu tô legal.

— Vou dizer pra vocês uma coisa que meu pai me ensinou. Era o lema da vida dele. Ele foi bombeiro por trinta anos. O lema dele era: "Nunca se ofereça como voluntário".

Matias abriu a porta do 1017 com dificuldade e pediu para que o empurrassem até a sala. De lá gritou para Eduardo tirar as compras das sacolas e arrumar nas prateleiras, em cima da pia.

Eduardo fazia isso, anotando mentalmente o que via.

A cozinha era igual à do Zeca. Um fogão de duas bocas, os vazamentos, as paredes úmidas. Um filtro de barro. Panelas. Pratos de plástico. Crostas de gordura. Aproveitou para tirar o minigravador do bolso e ver a fita. Havia rodado bastante. Conseguira gravar as falas do velho. Iria transcrevê-las. N'*O cortiço* havia muitas expressões populares também, que Aluísio Azevedo extraía das falas do povo. Sérgio tinha razão. Ele só pensava nisso. Achou bom o filho reconhecer aquela obsessão do pai. Estava feliz por ter arranjado um propósito digno para mostrar ao filho. Um livro.

— Vem cá, pessoa — chamou Matias. — Bota as cervejas no gelo.

A geladeira era na sala. Era o único lugar para se colocar uma geladeira naqueles conjugados, e a pessoa acabava se acostumando com o barulho do motor.

Havia tarrafas por todo lado. Até penduradas no teto. Além delas, só uma cama de solteiro por fazer, uma bancada de madeira com uma tevê em cima e um pequeno varal junto da janela, com uma calça, um par de meias e duas cuecas secando.

Do outro lado via-se o mar. A enseada de Botafogo, com o Pão de Açúcar ao fundo. Em frente à janela, um tripé de aço fino e uma luneta velha.

No único espaço da parede por onde não descia uma tarrafa, havia uma foto. Um grupo de marinheiros no convés de um navio, num retrato de bordas amareladas, e com furos de cupim na moldura.

Sentiu um forte cheiro de maresia.

— Pega o banco lá na cozinha e abre uma dessas geladas aí pra gente, pessoa — disse Matias. — Você merece.

Eduardo obedeceu. Estava com sede. Queria ficar mais tempo ali. Voltou com o gravador ligado dentro do bolso.

— Cadê a nota do supermercado? — pediu o velho.

Estava com Sérgio. Matias olhou para ela, conferiu, guardou no bolso e disse para Eduardo:

— Te pago terça-feira. É quando recebo a aposentadoria. Hoje tô sem nenhum. Tô matando jacaré a beliscão.

— Não tem problema.

— Mas essas cervejas aí... são pra gente beber junto.

— Não precisa...

— Precisar não precisa, mas bobo é quem só se cansa.

— O problema é que eu e o Sérgio ainda não comemos nada...

— Manda o garoto lá embaixo trazer um frango assado. A gente tem pão. Tá bonito.

Eduardo deu o dinheiro. Sérgio desceu.

Desceu contrariado, cansado, com fome. Sozinho na rua, pensou em fugir. Podia ir para casa, de lá ligar para a mãe. Ela o esperaria na rodoviária de Búzios.

Ainda no elevador, chegou a decidir que faria isso mesmo. Chegou a quase correr quando alcançou a calçada. Passou direto pela padaria. Mas de repente parou. Sentiu-se muito culpado, não pelo pai, que o obrigara àquela situação maluca. Sentiu-se culpado por não voltar com o frango assado de Matias. O velho pedira o frango com os olhos brilhando. Não devia ter dinheiro para comer direito. No supermercado, ficara olhando muito tempo cada pacote de feijão, cada saco de fubá, cada lata de sardinha, balançando a cabeça, devolvendo à prateleira. Sérgio estava acostumado a comprar por impulso, pela marca, pela cor da embalagem. Nunca olhava o preço. Não voltar com aquele frango assado seria uma maldade muito grande. Podia deixar para fugir depois.

Voltou. Entrou na padaria e ficou na fila do frango assado.

Gostou muito de ter voltado. A menina estava na fila e sorriu para ele.

• 11 •

O comandante

— Nunca te vi por aqui antes — ela disse.

— Cheguei ontem. Meu pai veio procurar emprego — ele mentiu.

— Emprego não tá fácil. Moro com a minha tia. Sou de Campos, conhece?

— Não. Mas sei onde fica.

— Vim estudar. Vou fazer vestibular pra Comunicação. Quero ser jornalista. Mas vou ter de arranjar trabalho pra ajudar nas despesas da minha tia, senão ela vai ter de alugar a cama pra outra pessoa. E, se passar pra uma faculdade particular, eu é que vou ter de pagar. Minha família não tem condições...

— Mas você não é muito nova pra...?

— Nova? Tenho 17 anos. E você?

— Dezesseis.

— Tá procurando emprego também?

— É... se rolar alguma coisa...

— Qual é o teu nome?

— Sérgio. E o teu?

— Ana. Teu pai é amigo do Matias?

— Não. O Matias conhecia o sujeito que emprestou o apartamento pro meu pai. O Zeca.

— O Matias é muito louco. Não deixa ninguém triste. A gente não consegue ter pena dele. Você não conhece ninguém aqui no Rio?

— Não.

— Hoje tem ensaio do Britadeira, lá no 934.

— "Britadeira"?

— É uma banda de forró. Aparece lá. 934. Lá pelas seis da tarde.

— Mas eu não conheço ninguém...

— Ué. Agora você me conhece. Vai querer o teu inteiro ou em pedaços?

— O quê?

— O frango. O rapaz aí tá perguntando.

Ana riu. Sérgio achou o sorriso mais lindo que já tinha visto na vida.

Os dois saíram juntos da padaria, cada um com seu frango assado, e subiram de elevador. Ana morava dois andares acima dele.

— Te vejo lá — ela disse.

— Demorô.

Caminhou pelo corredor encardido e sombrio como se pisasse nas nuvens brancas de um céu azul-claro.

Matias abriu uma mesa de armar, de plástico, com um pé preso por arame, no meio da sala. Foi só colocar o frango e os pães em cima dela e começaram a comer.

— Matias tava me contando que foi pescador — disse Eduardo.

— Trinta anos — confirmou o velho. — Só parei por causa do derrame que me deixou assim, de perna bamba. Senão, tava no mar até hoje. O mar é a minha vida.

— Esse apê tem um visual chocante — disse Sérgio, com a boca cheia.

— Não troco essa janela por nada, garoto. Olha o mar ali... O Pão de Açúcar... Botei a minha luneta velha na posição, é só olhar por ela e eu transformo esse apartamento miserável no convés de um transatlântico de luxo. Quando o vento traz o cheiro do mar até aqui então, fica igualzinho. Aí eu viro comandante.

— É um apartamento muito bom — Eduardo quis ser agradável.

— É nada, pessoa. Eu tenho olhos na cara. Aqui só é melhor que morar embaixo de viaduto.

— É teu? Você comprou?

— Não. De meu mesmo eu só tenho a necessidade. Vamos dizer que os documentos tão enrolados, e que eu posso ir ficando enquanto tiver pra pagar as taxas. E isso eu resolvo com a aposentadoria. O resto eu descolo consertando e fazendo tarrafa pros companheiros de pesca que ainda tão na ativa.

— Eu ia mesmo perguntar.

— Faço uma tarrafa dessas grandes em três dias. E depois elas ficam voltando pra mim, porque acabam sempre rasgando num fundo de mariscos, num pedaço de pau cheio de pregos. Sou um tarrafeiro conhecido. Vem gente até de Niterói aqui no pardieiro do velho Matias.

— Você pescava no alto-mar?

— É, de traineira. A gente saía ali do Quadrado da Urca, atravessava a baía de Guanabara, passava por trás do Pão de Açúcar e ficava três, quatro dias no oceano. Se o mar tava bom, chegava a ir até Cabo Frio.

— E dava muito peixe?

— Antigamente era bom. Depois foi escasseando. Mas aí eu arrumei um negócio mais lucrativo. Eu acordava de madrugada, ia com os companheiros comprar o peixe ainda fresco em Niterói, depois saía da baía, dava a volta e chegava na praia de Copacabana com o sol nascendo. A gente dizia pros turistas que tinha acabado de pescar e eles achavam isso muito bonito, tiravam até foto, e pagavam o dobro pelo pescado. Tempo bom. Deu pra amarrar o burro na sombra.

— E o derrame? Quando foi?

— Tem uns dez anos. Me conformei. Não afundei na cama de desgosto, nada disso.

— É verdade. O senhor parece ótimo.

— As tristezas a gente tem que atirar pra trás das costas, pessoa. A vida não dá pra tanto.

— O senhor é feliz? — Sérgio perguntou, para espanto do pai.

Matias sorriu, mordendo uma coxa de frango:

— Sou muito amigo da existência.

— Não ficou chateado com o que aconteceu? — Sérgio insistiu.

— É. Fiquei contrariado. Mas não derrotado. Eu ainda me acredito. Vou levando. Quando posso, sou leão. Quando não posso, sou raposa. E você, garoto?

— Eu?

— Cadê aquela cara azeda?

— Que cara azeda?

— Você desceu um e subiu outro. Não reparou, pessoa?

— É — Eduardo até se espantou. Estava tão absorvido pelo que o velho dizia que só agora reparava que Sérgio estava diferente.

— Isso é rabo de saia — Matias riu. — Deixa eu adivinhar. Encontrou a Ana na fila do frango.

— Como é que o senhor sabe? — Sérgio levou um susto.

— Vi vocês no elevador. E sei que ela vai na padaria todo o domingo, a essa hora, comprar frango assado pra tia.

— Ela me chamou pro ensaio de uma banda.

— Vai lá, garoto. É uma menina legal. É no 934, não é?

— É.

— Não sei se você deve... — cortou o pai.

— Deixa ele ir, pessoa. Não esquenta. É uma rapaziada tranquila, tudo filho de gente daqui.

Eduardo não sabia o que fazer. As coisas estavam começando a acontecer rápido demais, pareciam fugir ao seu controle. Ficou ouvindo o velho e o filho falando de mulher, rindo, dizendo bobagens. Em dezesseis anos de convivência não conseguiu o que Matias... em poucas horas... Quis entrar no assunto:

— O senhor entende muito dessas coisas, né...

O velho riu na cara dele:

— Eu não tive essas pernas murchas a vida toda, pessoa. Agora é que tô que nem cachorro empalhado, mas antigamente mordia.

Continuaram falando de mulher. Sérgio prestava atenção e ria. Eduardo não conseguia ser natural. Lembrou-se da briga do casal, pela manhã, e perguntou se Matias tinha ouvido.

— Aquilo é todo o domingo — ele disse. — E sempre às nove. Dá pra acertar as horas com os arranca-rabos daqueles dois.

— Fiquei com medo que saísse tiro — disse Eduardo.

— Nada. Aquilo acaba é na cama.

— Mas ela jogou as coisas dele pra fora.

— Às vezes eu vou lá depois, pra ver se eles esqueceram alguma coisa. Essa mesa aqui veio de lá. Ele quebrou ela na parede do corredor e deixou pra trás.

— E por que é que eles brigam tanto?

— Você já viu as fuças dela, pessoa?

— Não — disse Eduardo.

— É mais feia que briga de foice no escuro. Mas esse não é o problema. Tem sempre um chinelo velho prum pé doente. O que pega é que ela já foi muito linda. Era dançarina de boate. Já me mostrou as fotos daquela época... Mas decaiu muito, coitada.

— Ela é maluca?

— Não. É só mais uma alma esfolada, como todo mundo por aqui. Mas acho que é mais ruim quando os dias de glória da gente são na mocidade, pessoa, porque daí a gente passa o resto da vida vivendo de memória.

— Mas, se eles brigam tanto, por que ainda tão juntos?

— Cada um, cada um, tá sabendo? Mas eu acho que eles tão juntos justamente porque brigam. E porque o apartamento é dela, claro. Mas ele não é um mau sujeito. É mais malandro que ruim. Eles lá se entendem.

Haviam atacado o frango com vontade. Matias acendeu o cachimbo, num ritual tão lento e delicado que todos ficaram em silêncio. Eduardo daria tudo para poder fotografar aquilo... um velho lobo do mar num conjugado-navio... Mas de repente a expressão do velho mudou. Depois de uma longa baforada, olhou para ele, apontou o cachimbo e disse:

— Por que é que você não tira esse gravador do bolso, pessoa?

• 12 •

A verdade arde

— Do que é que o senhor tá falando? — Eduardo se assustou. Suas mãos começaram a suar muito.

— Vai gravar melhor fora do bolso.

— Não estou entendendo...?

— Para com isso, pessoa. Cada vez que eu abro a boca você aponta essa perna aí pra mim. E dá pra ver o volume, sabia?

— Não é gravador. É um maço de cigarro.

— Então mostra.

— O senhor tá desconfiando de... Sou amigo do Zeca. Ele não...

— Eu confio nos meus dentes, assim mesmo eles me mordem a língua — e então o velho puxou uma grande faca. Estava sentado nela todo o tempo.

Sérgio ficou com os olhos muito arregalados. Eduardo chegou a recuar, e quase caiu do banco.

— O que é isso, senhor... eu não...

— MOSTRA!

Muito constrangido, Eduardo tirou o minigravador do bolso e o colocou sobre a mesa, ao lado dos restos de frango.

Matias riu e voltou a sentar sobre a faca:

— Pronto. Não tá se sentindo mais confortável, pessoa?

— Eu posso explicar.

— Então começa.

Eduardo olhou para o filho. Sérgio balançou os ombros. Não tinha nada que ver com aquilo. No fundo estava até se divertindo, vendo o pai naquela enrascada.

— Na verdade não vim do interior... Não tô procurando emprego... Eu sou jornalista... Não. Sou escritor. Quer dizer... um escritor jornalista.

— E como é que eu vou saber que tu não é polícia?

— Polícia? Que é isso! Não! Olha, eu posso pegar meus documentos... meu registro de jornalista.

— Não precisa. Se acalma, pessoa. Isso não é sangria desatada. Eu sabia que tinha linguiça embaixo desse angu, mas o Zeca não ia botar um polícia aqui no pedaço sem avisar. Que eu saiba, ele não tá assim com tanta pressa de encontrar Deus.

— Eu não queria causar nenhum...

— Você sabe onde tá se metendo?

— Como assim?

— Um desconhecido, puxando assunto com o povo, com um gravador escondido no bolso. Tu não dura uma semana. Vai acabar lá na terra dos pés juntos.

— O quê?

— A tabuada aqui é a seguinte: quem faz um, não faz dois. A sorte foi tu cair na minha primeiro. Não leu as letras pichadas em frente ao elevador? Aqui, no momento, quem tá mandando são eles.

Eduardo resolveu contar tudo. Enxugou as mãos nas pernas da calça e falou a verdade. O velho ouviu, sem interromper, fumando seu cachimbo. Às vezes olhava para Sérgio, e os dois sorriam.

Quando Eduardo terminou, Matias tirou do bolso da camisa um vidro de azeitonas, vazio, com tampa, e bateu as cinzas do cachimbo lá dentro. Fechou o vidro e mostrou a eles, balançando a cinza:

— Tão vendo isso? É assim que eu sou. Procuro não incomodar ninguém. Não me meto na vida dos outros. Sigo o meu caminho.

— Mas não é que eu queira me meter na vida dos outros, Matias... Bom, não deixa de ser, mas pra escrever um livro é preciso...

— Não tem problema, pessoa. Tá limpo. Só acho que o caminho tá errado. Teu disfarce não vai convencer.

Sérgio riu.

— Você acha mesmo? — falou Eduardo, desconsolado.

— Tá tudo esquisito... A voz... A gente vê que você tá fazendo força pra ser diferente... E esse ar de quem tá pedindo desculpa por viver. Aí de vez em quando se distrai, e fala uma palavra difícil, ou bota plural nas coisas. Plural certinho assim é coisa de quem tem muito estudo, pessoa... Eu se fosse você não me arriscava... A noite aqui é maior do que o dia.

— Então me ensina, Matias.

O velho balançou a cabeça:

— Não dá. Não leva a mal. É melhor não. Não ia fazer bem pra tua saúde...

— Mas eu preciso...

— Olha, se o sujeito não sabe ser lobo, é melhor não vestir a pele.

Eduardo estava arrasado. Tomou um gole de cerveja e guardou o gravador no bolso.

Sentia-se ridículo.

Sérgio parou de rir.

— Desculpe — pediu Matias. — A verdade é ardida.

Eduardo não conseguia olhar os outros nos olhos. Devia saber seus limites. Devia ter se conformado. O tempo de aventuras havia passado. Ele ficara para trás. Era um velho careca e gordo, destruído pela vida, sem chance, sem ideal, e não adiantava se enganar. O resto era um monte de conversa fiada para tentar esconder dos outros os seus erros.

Matias e Sérgio o olhavam desabar.

Foi então que o velho disse:

— Tá. Acho que eu posso te dar uma força, pessoa.

Eduardo levantou a cabeça e perguntou:

— Como?

— Te contando histórias. Te apresentando amigos. Te mostrando a vida por aqui.

O rosto de Eduardo se iluminou:

— Faria isso?

— Vou arrumar sarna pra me coçar, mas tudo bem.

— Sabe o que eu posso fazer? Posso te dar uma força também. Posso pagar pra...

Matias fez ele parar de falar, abrindo a palma da mão:

— Não tô botando nada na balança.

— Desculpe.

— Quer saber? Acho isso que você quer fazer uma das coisas mais bacanas que existem.

— O quê?

— Um livro.

— É sim.

— Paga só as despesas. Se der tudo certo, no fim, de repente eu te peço só uma coisa. Um presente.

— Claro.

— Um sonho. Não é muito caro.

— O que é, Matias?

— Depois eu conto.

— Tudo bem. Eu queria te fazer muitas perguntas... a gente... Quando é que podemos começar?

— Ainda tem cerveja aí na geladeira?

— Três.

— Então liga o gravador.

Sérgio levantou o braço, com a palma da mão estendida, como se estivesse no meio de uma aula, e interrompeu os dois:

— Pai... é... bom, eu disse pra Ana que ia lá ver o ensaio da banda... é às cinco.

— Pode ir.

— Queria tirar um cochilo antes... Depois tomar um banho...

— Tá querendo ir agora?

— Mas não quero cortar o barato de vocês.

— Não. Vai. Quando você sair, se eu não tiver chegado, passa aqui pra deixar a chave.

— E se eles perguntarem quem eu sou?

— Você já mentiu pra Ana? — Matias perguntou.

— Já. Disse que vim do interior, e que meu pai tá procurando emprego.

O velho coçou a cabeça.

— Fala a verdade pra ela, mas pede segredo. Vai ficar apaixonada. É até covardia.

Sérgio levantou. Deu dois passos e parou. Voltou a sentar.

— O que foi? — perguntou Eduardo.

— Sei lá. Tô sem coragem. Não conheço ninguém lá. Vai ser muito estranho.

O pai não sabia o que dizer. Matias riu:

— Deixa de ser frouxo, moleque.

— Mas eu tenho vergonha de chegar lá e...

— Vai assim mesmo. Vergonha dura só cinco minutos, mas arrependimento é pra vida toda.

Sérgio levantou e saiu. Mas ainda parou na porta.

— Matias... — disse de lá.

— O que foi?

— É você que tá se oferecendo pra ajudar o meu pai, viu?

— Eu sei. E daí?

— Teu pai não ia gostar.

— Por quê?

— Você não tá respeitando o lema dele — e Sérgio bateu a porta.

Matias riu e cumprimentou Eduardo:

— Nessa ele me pegou.

• 13 •

Trilha sonora

Do lado de fora, não se ouvia nada. Sérgio bateu na porta do 934 quase certo de que não era ali o ensaio da banda de forró, mas quando abriram o som saiu, tão forte e de repente, que ele deu um passo para trás.

— Entra aí, *brother* — disse uma menina de cabelo encaracolado, com um *piercing* na língua e uma tatuagem no pescoço.

— A Ana...?

— Tá lá dentro.

Era um apartamento como todos os outros, só que as paredes, todas, e o teto, e a porta, e a janela pelo lado de dentro, cada centímetro de superfície por onde o som pudesse sair havia sido coberto por duas camadas de embalagens de ovo, de papelão cinza. No chão tinham estendidos tapetes, todos os tipos de tapetes, e em alguns pontos viam-se pedaços de placas de isopor.

Todo o apartamento era um estúdio, com amplificadores, alto-falantes, mesas de som e instrumentos espalhados, o que não impedia que um casal morasse ali, num sofá-cama. Ana apresentou Sérgio a eles, e a todos os outros, umas doze pessoas, o que dava a cada um pouco mais de um metro quadrado. Não havia espaço nem para ficar constrangido, e pouco depois Sérgio estava tocando guitarra e descobrindo o forró.

O casal viera do Rio Grande do Norte para tentar a sorte no Rio. Com mais dois percussionistas, formaram a banda Britadeira, e já animavam dois bailes: às sextas, na quadra de futebol de salão de um clube decadente da Tijuca; e aos sábados, depois da meia-noite, numa boate da Lapa. Durante a semana, dormiam e ensaiavam naquele conjugado. Gostaram de Sérgio, e o chamaram para tocar no fim de semana seguinte. Ele topou. Ana disse que ia junto.

Às onze da noite, antes de voltarem para seus apartamentos, Sérgio e Ana foram comer um hambúrguer numa das lanchonetes da praia de Botafogo. Foi então que ele contou toda a verdade, o que ele e o pai estavam fazendo ali, e pelo brilho dos olhos dela viu que Matias estava certo.

Por seu lado, Eduardo ouvia e gravava as histórias do velho. Foi no 1043, pegar a câmera digital. Fotografou todo o apartamento, as tarrafas, a janela, o sistema de corda para abrir a porta, a luneta e as poses do velho marinheiro. Era muito melhor trabalhar assim, à vontade.

Deixaram tudo acertado para uma semana de trabalho. Matias o levaria aos apartamentos de alguns amigos, gente com quem Eduardo poderia se abrir, dizer a verdade, sobre o livro e tudo o mais, e que manteriam segredo.

Quando voltou, às dez, não encontrou Sérgio. Tomou um banho, fez um sanduíche e um café-solúvel, e abriu as pastas sobre a mesa. As coisas haviam acontecido naturalmente, mas ele agora percebia, espantado, que na verdade não podia ter sido diferente. Que desculpa teria para entrar no apartamento dos outros? De quanto tempo precisaria para criar intimidade com os vizinhos, a ponto de fazer perguntas pessoais?

Aluísio Azevedo levara anos pesquisando os cortiços. Ele tinha menos de dez dias. Encontrar Matias fora a melhor coisa que podia ter acontecido, e uma prova de que estava no caminho certo.

Encontrar Ana também não fizera mal ao filho, e Eduardo riu sozinho. Como num típico enredo naturalista, lá ia Sérgio sendo arrastado pelos próprios instintos sexuais, os verdadeiros determinantes do comportamento humano, principalmente no calor dos trópicos, "[...] que fazia ferver o sangue aos homens e metia-lhes no corpo luxúrias de bode".

Sérgio chegou um pouco antes da meia-noite.

Seu ar contrariado sumira de vez.

Vinha elétrico, falante. Contou sobre o estúdio, sobre a banda Britadeira, sobre as paredes forradas com embalagens de ovo... Eduardo anotou tudo.

— E me chamaram pra tocar com eles na *night*. Sexta que vem. Forró.

— Não sabia que você gostava de forró.

— Forró é irado.

Sérgio foi tomar um banho. Eduardo continuou a trabalhar. Teve a ideia de procurar no livro referências sobre o tipo de música que se fazia num cortiço.

Aluísio Azevedo não se esquecera disso. Logo no início do romance, ao descrever o trabalho das lavadeiras, na bica do centro do cortiço, registrou seus cantos:

A labutação continuava. As lavadeiras tinham já ido almoçar e tinham voltado de novo para o trabalho [...] A Machona altercava com uma preta que fora reclamar um par de meias e destrocar uma camisa; [...] Leocádia largava de vez em quando a roupa e o sabão para coçar as comichões do quadril e das virilhas; [...] Marciana que, com seu tipo de mulata velha, um cachimbo no canto da boca, cantava toadas monótonas do sertão:

Maricas tá marimbando.
Maricas tá marimbando,
Na Passage do riacho
Maricas tá marimbando.

A Florinda, alegre, perfeitamente bem com o rigor do sol, a rebolar sem fadigas, assobiava os chorados e lundus que se tocavam na estalagem [...]

[...] No número 7 Nenen cantarolava em tom muito mais baixo; e de um dos quartos do fundo da estalagem saía de espaço a espaço uma nota áspera de trombone.

Eduardo transcreveu aquele trecho, e procurou outros. Havia se dado conta da importância da música n'*O cortiço*, e dedicaria um capítulo inteiro a ela. Explicaria o que era um lundu, um chorado... Procurou outras passagens... Lembrou então que Aluísio Azevedo criara uma das tramas principais do livro a partir justamente da música e das festas... Tratava-se do amor entre dois opostos: Jerônimo, um imigrante português; e Rita, uma mulata baiana. Ele, casado com uma portuguesa, Piedade, e pai de uma menina. Ela, namorada de um negro capoeirista e perigoso, chamado Firmo.

Jerônimo se apaixona por Rita Baiana quando vê "a mulata assanhada" dançar. Num final de domingo, quando Rita reaparece no cortiço, depois de uma ausência de três meses, arma-se uma grande festa. A música, a comida e a bebida aparecem em cada quartinho... italianos, nordestinos, mulatos cariocas... cada qual com seu ritmo... Eduardo encontrou o trecho:

Nisto começou a gemer à porta do 35 uma guitarra; era de Jerônimo [...] ela parecia ainda mais triste e mais saudosa do que nunca:

Minha via tem desgostos,
Que só eu sei compreender...
Quando me lembro da terra
parece que vou morrer...

[...] novas guitarras foram acordando. E, por fim, a monótona cantiga dos portugueses enchia de uma alma desconsolada o vasto arraial da estalagem [...].

Terra minha, que te adoro,
Quando é que eu te torno a ver?
Leva-me deste desterro;
Basta já de padecer.

Abatidos pelo fadinho harmonioso e nostálgico dos desterrados, iam todos, até mesmo os brasileiros, se concentrando e caindo na tristeza; mas de repente, o cavaquinho do Porfiro, acompanhado pelo violão do Firmo, romperam vibrantemente com um chorado baiano. Nada mais que os primeiros acordes da música crioula para que o sangue de toda aquela gente despertasse logo, como se alguém lhe fustigasse o corpo com urtigas bravas.

Jerônimo e Firmo começaram a disputar Rita com a música. O português com seu fado triste, importado. O mulato com os ritmos brasileiros, tropicais. O *rock* contra o forró?

E à viva crepitação da música baiana calaram-se as melancólicas toadas dos de além-mar. [...] Jerônimo alheou-se de sua guitarra e ficou com as mãos esquecidas sobre as cordas, todo atento para aquela música estranha [...]. E viu Rita Baiana, que fora trocar o vestido por uma saia, surgir de ombros e braços nus, para dançar [...]. E toda ela respirava o asseio das brasileiras e um odor sensual de trevos e plantas aromáticas. [...] cheios de uma graça irresistível, simples, primitiva, feita toda de pecado, toda de paraíso [...] Ela saltou em meio da roda, com os braços na cintura, rebolando [...] estalando os dedos no ar e vergando as pernas, descendo, subindo, sem nunca parar com os quadris [...] erguendo e abaixando os braços [...] enquanto a carne lhe fervia toda [...]

Jerônimo se apaixonou. Aluísio Azevedo usaria essa paixão para analisar o processo comum a todos os imigrantes da época, o "abrasileiramento", a adaptação aos costumes e vícios da nova terra. Saem o vinho e o chá, entram a cachaça e o café.

O romance entre Jerônimo e Rita Baiana começava e terminava em tragédia, com brigas, pauladas, capoeira, navalhadas, emboscadas, macumbas, porres, ciúmes, alcoolismo, prostituição, doença, loucura e decadência. Todas as cenas descritas em detalhes naturalistas, como a briga entre Jerônimo e Firmo pelo amor de Rita Baiana, no capítulo X:

O outro erguera-se logo e, mal se tinha equilibrado, já uma rasteira o tombava para a direita, enquanto da esquerda ele recebia uma tapona na orelha. Furioso, desferiu novo soco, mas o capoeira deu para trás um salto de gato e o português sentiu um pontapé nos queixos.

Espirrou-lhe sangue da boca e das ventas. Então fez-se um clamor medonho. [...] Rita que, a certa distância, via, de braços cruzados, aqueles dois homens a se baterem por causa dela; [...] Firmo acabava de receber, sem esperar, uma formidável cacetada na cabeça. [...] E então o mulato, com o rosto banhado de sangue [...] erguera o braço direito, onde se viu cintilar a lâmina de uma navalha.

[...]

O brasileiro tinha já recebido pauladas na testa, no pes-

coço, nos ombros, nos braços, no peito, nos rins e nas pernas. O sangue inundava-o inteiro; [...].

A vitória pendia para o lado do português. [...] mas, de súbito, o capoeira mergulhou, num relance, até as canelas do adversário e surgiu-lhe rente dos pés, grupado nele, rasgando-lhe o ventre com uma navalhada.

Enquanto transcrevia todo esse trecho, Eduardo pensava em como convencer o filho a ler o livro. Tinha certeza de que Sérgio ia gostar, pelo menos daquelas descrições de luta. Aquilo impressionaria até mesmo um garoto acostumado com filmes de ação.

E havia outras cenas de disputa. Era como se Aluísio Azevedo quisesse analisar todos os conflitos, sempre traçando paralelos... Se havia João Romão, o português pobre que sobe de vida, havia o outro português, Miranda, dono do sobrado ao lado, rico, que procura se tornar barão. Se havia o imigrante português, trabalhador, precisava existir Firmo, o malandro brasileiro. Se havia a mulher portuguesa, Piedade, religiosa, casta, com o corpo sempre coberto, que não saía de casa, Aluísio também criava a mulata fogosa, livre, festeira, Rita Baiana. E se há as festas barulhentas do cortiço, Aluísio mostra as recepções formais e aristocráticas no sobrado de Miranda...

Eduardo anotou: "procurar todos os outros paralelismos n'*O cortiço*, e estabelecer um 'outro' paralelo, com as situações atuais, um estudo comparativo entre as duas épocas". Agora estava pesquisando um lado, o cabeça de porco. O cortiço de João Romão. Depois seria a vez do sobrado. E o Miranda era ele mesmo, Eduardo, e o sobrado era seu apartamento de luxo, na rua Dona Mariana. Com suas reuniões calmas e "aristocráticas" e seus ritmos importados, seus CDs de *jazz* e seu círculo de amigos, todos querendo se tornar "barões", "viscondes", "editores-chefes", "diretores financeiros", "reitores de universidade"...

Sérgio passou por ele de banho tomado, com um copo de leite numa mão e um saco de biscoitos na outra, e fez uma coisa surpreendente: pegou *O cortiço* da mesa e sentou no sofá-cama para lê-lo. Eduardo não falou nada. Tinha medo de estragar aquele momento. Só não resistiu... teve de perguntar...

— E a Ana?

— Que é que tem?

— Encontrou com ela?

— É.

— E aí?

— Aí o quê?

Eduardo sentiu falta de Matias. O velho teria ido direto ao assunto.

— Tipo assim... cê tá querendo saber o quê, velho?

— Nada.

— A gente até desceu pra comer e tomar um suco lá embaixo.

— Vocês vão sair na sexta à noite... quer dizer, junto com a banda...

— É. Vai rolar.

— Vocês tão namorando?

— Me poupe.

— É que eu fiquei preocupado, pensando umas coisas...

— Qual que é?

— Ela não tem um namorado, não? Você perguntou? De repente o sujeito é violento, luta capoeira, tem uma navalha...

— Que viagem... Isso acontece aqui no livro, né?

— É.

— Velho, tu tá ficando pirado.

— Acho que tô mesmo. Mas te cuida, tá?

— Deixa comigo.

— Você contou a ela sobre nós.

— Contei.

— E ela?

— Se amarrou.

— Foi?

— Ela estuda. Quer ser jornalista.

— Verdade?

— É. Agora deixa eu ler o livro.

— Tá. Tá.

Sérgio leu a contracapa, depois as orelhas. Eduardo continuou a escrever.

— Velho.

— O que foi?

— A Ana mandou eu te dizer uma coisa...

— A Ana? O quê?

— Falei de você, do que veio fazer aqui, de como tinha largado o emprego pra viver um sonho, do livro que quer escrever...

— É? E o que ela disse?

— Quer muito te conhecer. Quer te ajudar a pesquisar.

— É mesmo? Ótimo. Chama ela aqui... a gente pode...

— Quer saber o que mais ela disse?

— Quero.

— Ela te achou o máximo.

• 14 •

Cobra que não anda não engole sapo

Segunda-feira, dez horas da manhã. Eduardo voltou da rua trazendo pão. No caminho lembrou um trecho em que Aluísio descreveu o despertar do cortiço e correu para suas pastas, a fim de transcrever o texto e analisá-lo. Estava bem ali, no início do terceiro capítulo:

[...] das portas surgiam cabeças congestionadas de sono; ouviam-se amplos bocejos, fortes como o marulhar das ondas; pigarreava-se grosso por toda a parte; começavam as xícaras a tilintar; o cheiro quente do café aquecia, suplantando todos os outros [...]. No confuso rumor que se formava, destacavam-se risos, sons de vozes que altercavam [...] uma aglomeração tumultuosa de machos e fêmeas [...] As portas das latrinas não descansavam [...]. O rumor crescia, condensando-se; o zum-zum de todos os dias acentuava-se [...]. Sentia-se naquela fermentação sanguínea, naquela gula viçosa de plantas rasteiras que mergulham os pés vigorosos na lama preta e nutriente da vida, o prazer animal de existir, a triunfante satisfação de respirar sobre a terra.

Sérgio ainda dormia. Ficara lendo o livro até de madrugada.

Fazendo café, Eduardo repetia a si mesmo as últimas frases... "o prazer animal de existir, a triunfante satisfação de respirar sobre a terra". Era o que acontecia ali, naqueles corredores, nas calçadas, no despertar daquele formigueiro... Cada conjugado daqueles abrigava na certa uma tragédia, uma desgraça, uma desilusão, mas nada impedia que jogassem tudo "pra trás das costas", como Matias, e acordassem numa segunda-feira para ir à luta, enfrentar o emprego mal pago, a fila do banco, os hospitais, vender coisas na calçada, arranjar um trocado com biscates ou caridade, pedir emprestado...

A resposta era simples, e não dependia de dinheiro, nem de posição social, nem de sucesso. Para viver era só o sujeito não esquecer "o prazer animal de existir, a triunfante satisfação de respirar sobre a terra".

Era o que ele sentira naquela manhã de segunda, ao sair de seu casulo e tomar parte do despertar do formigueiro: uma disposição para viver e fazer coisas.

Foi além da padaria, até um *shopping* moderno ali mesmo, na praia de Botafogo. Havia uma livraria lá, e ele comprou três exemplares de *O cortiço*.

Às duas da tarde o apartamento de Zeca já havia se transformado numa redação de jornal.

Com os quatro em volta da mesa, Eduardo abriu suas pastas e explicou a eles o que pretendia. Ana estava fascinada. Tinha uma enorme curiosidade em ver um jornalista e escritor de verdade, e tudo que Eduardo dizia ela parecia anotar mentalmente, como quem vive um sonho.

Ele deu um exemplar de *O cortiço* para cada um:

— É importante que vocês leiam — ele pediu —, para me ajudar a lembrar de textos e situações da trama que possuam pontos em comum com a realidade aqui deste prédio.

E, Sérgio, continue a ler no seu, e me devolva o meu... Preciso dele, tá cheio de anotações.

Matias ficou olhando a capa colorida, depois as ilustrações, e cheirou as páginas:

— É a primeira coisa que eu ganho, em muitos anos, que não é de segunda mão... Tô me sentindo importante. Tão vendo? Toda araruta tem seu dia de mingau.

— Vamos abrir a pauta — começou Eduardo. — Nesta fase da pesquisa estou precisando coletar dados sociológicos para uma análise posterior, portanto não será necessária agora uma diretriz rígida, predeterminada; podemos adotar um sistema randômico e... Matias, por que é que você tá olhando pros meus pés?

— É que eu não tô entendendo nada que você tá dizendo, pessoa. Parece língua estrangeira. Tô procurando a legenda...

Eduardo sentiu-se um idiota, e percebeu que estava se mostrando para Ana.

— Tudo bem — continuou —, em outras palavras, vamos sair por aí perguntando coisas pras pessoas, gravando e fotografando. Vamos deixar o pessoal falar. Depois é que eu vou ver o que interessa ou não. No momento, tô mais interessado em histórias de vida.

— Isso é moleza, pessoa. Quem não quer falar da própria vida?

— Vamos nos dividir em dois grupos. Sérgio e Ana vão pesquisar a rapaziada da idade deles... se estudam, em que trabalham, o que querem ser, como se divertem, o que pensam dos pais... Ah, e queria que vocês fizessem um relatório especial sobre a música que se escuta por aqui.

— Pode deixar — Ana anotava tudo num caderno.

— Matias e eu visitaremos o pessoal mais velho.

* * *

E então, naquele mesmo dia, começou para Eduardo uma experiência bela e aterradora. Guiado pelo velho paralítico, durante toda a semana, conheceu realidades e ouviu biografias suficientes para escrever dezenas de livros.

Em um conjugado, de vinte e dois metros quadrados, viu e fotografou um carro completo, um Fuscão 80, amarelo, estacionado no meio da sala. Um táxi. O morador, um velho solitário, o atendeu de calção, tomando cerveja, com as mãos cheias de graxa. Tinha sido taxista por trinta anos, dos quais quinze ao volante daquele fusca. Ao se aposentar, com gastrite e hemorroidas, que o incapacitavam para dirigir, com pena de vender o carro, passou um ano desmontando-o e montando de novo dentro do seu apartamento. E o mantinha funcionando. Acreditava que se o motor deixasse de funcionar ele também morria.

Num apartamento, fez a entrevista embaixo de uma barraca de plástico, porque em todas as paredes havia varais esticados no alto, com roupas molhadas secando. Uma senhora negra, o filho adolescente e o pai doente dormiam embaixo da barraca. O chão era coberto por um enorme plástico, com a superfície inclinada na direção do banheiro, para onde a água que pingava das roupas escorria, até descer pelo ralo.

— Tive a ideia de lavar roupa pra fora quando o síndico proibiu que as pessoas pendurassem varais do lado de fora das janelas — ela contou, enquanto a água caía sobre suas cabeças, como uma chuva tropical.

— O síndico foi obrigado — explicou Matias. — Teve de respeitar uma tal de "postura municipal" da prefeitura. Nada de roupa pendurada na janela, nem vaso de planta. Então o pessoal teve de se virar, secando as roupas dentro de casa mesmo.

— Quem pode pagar traz a roupa pra eu lavar aqui — disse a mulher, sorrindo. — E é disso que eu vivo, sim senhor.

Um aposentado vivia do conserto de bonecas de porcelana. Outro fazia restaurações de quadros e criava canários em gaiolas. O cheiro do apartamento era insuportável. Ele fechava as janelas e soltava as aves no final de tarde:

— Pra eles fazerem exercício.

Uma senhora, que alugava quatro vagas para dormir, em dois beliches, e tinha uma artrose deformadora nos joelhos e já não podia andar, precisava vender o apartamento para morar ao lado do hospital onde fazia fisioterapia, esse era o sonho dela, então cismou que Eduardo poderia comprar e procurou valorizar seu imóvel. Mas todos os conjugados ali eram iguais, e a grande benfeitoria daquele, ela explicou, cheia de orgulho:

— Mandei arrancar os rodapés... tá vendo... assim ganhei mais espaço.

Eduardo viu muitas infiltrações nos canos, muitas paredes descascadas, muitas geladeiras barulhentas nas salas, muitos relógios dourados pendurados nas paredes, muita fiação remendada com fita isolante, muitos fogões de duas bocas e sofás-camas baratos.

Alguns apartamentos eram ateliês de artesãos, que depois desciam para vender suas mercadorias nas calçadas: bijuterias, tapeçarias, bordados, luminárias... Outros haviam se transformado em oficinas, e abrigavam técnicos em ar-condicionado, especialistas em cortina, costureiras... Tomou cerveja com um amigo de Matias, um mulato muito gordo, que vivia de consertar fogões, e só chegava à casa dos clientes na hora do almoço.

— As madame fica tão aflita com a falta do fogão que, depois que eu conserto, de tão agradecida sempre me dão um rango legal, com cerveja e tudo.

Conheceu um ferreiro de mais de cento e vinte quilos, que testava a resistência de suas chapas de aço subindo em cima delas e era capaz de fazer um churrasco e chamar os amigos nos seus vinte e dois metros quadrados. O homem só reclamou:

— Trabalhei a vida toda com ferro e a única coisa que tenho de valor é uma placa de platina na perna, e mesmo assim tô com medo de morrer porque é capaz dos vagabundos abrirem meu caixão pra roubar ela.

Matias o apresentou à moradora mais antiga do prédio, uma senhora de cinquenta anos:

— Nasci aqui, meu filho. E aqui me criei e vivo até hoje — ela disse, fazendo círculos com o dedo muito magro. Na parede, uma foto muito antiga, de um casal de portugueses com olhares ameaçadores.

Cruzaram no corredor do sétimo andar com um homem de terno, cabelo esticado, bigode, que mal os cumprimentou. Matias contou que aquele havia herdado dois grandes apartamentos na zona sul. Então os vendeu e comprou vinte conjugados ali. Colocou dois beliches em cada um e alugava vagas. Ganhava um bom dinheiro, mas já respondia a dois processos por prostituição.

— Ele e o síndico já se juraram de morte numa reunião de condomínio — contou Matias. — Você precisa assistir uma dessas... É lá no terraço. O pessoal vai até armado. Eu não me meto, é briga de cachorro grande.

Matias o guiava pelos corredores, apontando, contando histórias:

— Aqui, atrás da lixeira, o porteiro encontrou um bebê.

O pessoal do 601 adotou o moleque. Hoje ele trabalha num supermercado e estuda à noite... Ali, apareceu um travesti morto. A polícia disse que foi suicídio, pra não se aborrecer. Uma facada nas costas. Um tipo esquisito de suicídio, não é não? Por aquela janela o pessoal viu um sujeito pelado descer pro andar de baixo... Nesse apartamento aí uma viúva pulou da janela... Aqui mora uma faxineira com oito filhos. Precisa conhecer. Era favelada, e acha que tá no paraíso. Anda por aí toda orgulhosa, com a cabeça erguida. A maluca do 827 também anda de cabeça erguida. Vamos lá, essa vale a pena você conhecer, pessoa.

E Eduardo entrou no 827 e viu uma sala que era a reprodução, em escala reduzida, como uma maquete, de um salão aristocrático do século passado, uma cópia talvez do que seria a sala do sobrado do Miranda, o personagem de *O cortiço*. Dona Eulália, um senhora de 85 anos, muito pálida e magra, estava numa cama de solteiro suntuosa, em madeira de lei e com um dossel. Inválida, já não saía há quatro anos. Seu corpo atrofiado media pouco mais de um metro. Tinha olhos azuis opacos, tomados pela catarata. Pelas paredes, quadros antigos a óleo, retratos dos familiares em molduras trabalhadas, e muitos pratos de porcelana. Uma cortina pesada, de veludo violeta, e um tapete com imagens europeias de uma caça à raposa se encarregavam de tornar o ar irrespirável. Havia uma cristaleira, com taças de cristal e garrafas de turmalina azul. A tevê estava sobre uma cômoda do mesmo estilo da cama, forrada por uma toalha de crochê amarelada.

Do outro lado da cama, numa esteira de junco, dormia uma negra, quase tão velha quanto a patroa.

Quando saíram, Matias explicou que as duas viviam sozinhas, à custa de uma pensão magra que o marido deixara para Dona Eulália. Ela havia tido dinheiro, e vinha de uma família de posses, nobre, com uma mansão na rua Sorocaba, ali mesmo, em Botafogo.

— Ela ficou na pior. Da antiga riqueza só sobrou o que você viu, incluindo uma quase escrava, que ainda vive na aba dela porque não tem pra onde ir. Mas ainda se acha importante, a maluca, cheia de pose, comendo mortadela e arrotando peru.

Eduardo participou de um churrasco e de uma festa de aniversário de crianças. As festas se estendiam pelos corredores, quem passava era convidado, comia bolo, tomava um copo de cerveja, dançava.

No churrasco ele conheceu o Tonho, um mulato gordo, com quase dois metros de altura, que quase não cabia no corredor. Era uma espécie de segurança da área. Matias avisou Eduardo para não fazer perguntas ao homem:

— Esse aí é desconfiado. É mais fechado que ovo. O prontuário do Tonho tem mais de vinte metros, pessoa. Já fez de tudo, agora tá parado. Costumava fazer assalto sem arma, só na mão grande... mas tá ficando velho. Da última vez se deu mal numa parada aqui no prédio do lado. O sujeito conseguiu chamar os homem... E, sabe como é, em briga de pobre quem chama a polícia é quem tem razão. Encanaram o Tonho, e bateram tanto nele que confessou todos os crimes sem dono da cidade. Voltou manso. Não faz mais façanha. Agora tá só no ramo de cobrança e mantendo a calma nos corredores. Mas não cobra dívida aqui no prédio. Quem empresta dinheiro aqui sabe que não vai receber mesmo.

Disse isso rindo. Eduardo entendeu:

— O que eu tô gastando com você é despesa de pesquisa, Matias. Relaxa.

• 15 •

Determinismos

Aquela avalanche de informações não soterrou Eduardo. A leitura de *O cortiço*, a maneira como Aluísio de Azevedo entrelaçara as dezenas de personagens e tramas, era um exemplo seguro de como lidar com aqueles universos multifacetados. Iria transcrever com calma as entrevistas, analisar separadamente as histórias de vida de cada um, e depois entrelaçá-las, se lembrando sempre de traçar um paralelo entre o momento atual, o começo do século XXI, com o fim do século XIX.

Anotou nas margens do caderno: procurar, como fez Aluísio, relatar minuciosamente os ambientes e os personagens, a tal ponto que o leitor quase consiga ver as cores, ouvir os sons, sentir os cheiros e tocar as formas. Procurou trechos para exemplo e inspiração, como a descrição dos trabalhos na pedreira, nos fundos do cortiço, no capítulo IV:

> *[...] E todo aquele retintim de ferramentas, e o martelar da forja, e o coro dos que lá em cima brocavam a rocha para lançar-lhe fogo [...]. Aqueles homens gotejantes de suor, bêbedos de calor, desvairados de insolação, a quebrarem, a espicaçarem, a torturarem a pedra, pareciam um punhado de demônios revoltados [...].*

Ou, mais para o final do livro, no capítulo XVII, a grande cena do trabalho dos bombeiros, no combate ao incêndio que destrói o cortiço:

[...] Mas um fragor de repiques de campainhas e estridente silvar de válvulas encheu de súbito todo o quarteirão, anunciando que chegava o corpo de bombeiros. [...] A um só tempo viram-se fartas mangas d'água chicoteando o fogo por todos os lados; enquanto, sem se saber como, homens, mais ágeis que macacos, escalavam os telhados abrasados por escadas que mal se distinguiam; e outros invadiam o coração vermelho do incêndio, a dardejar duchas em torno de si, rodando, saltando, piruetando, até estrangularem as chamas que se atiravam ferozes para cima deles, como dentro de um inferno [...].

E, claro, em todos os momentos onde Aluísio quis que o leitor sentisse o transpirar da sensualidade, como no capítulo X, no canto lascivo de Rita Baiana:

Também cantou. E cada verso que vinha de sua boca mulata era um arrulhar choroso de pomba no cio. E o Firmo, bêbedo de volúpia, enroscava-se todo ao violão; e o violão e ele gemiam com o mesmo gosto, grunhindo, ganindo, miando, com todas as vozes de bichos sensuais, num desespero de luxúria que penetrava até ao tutano com línguas finíssimas de cobra.

Sérgio também mergulhou fundo na realidade do cabeça de porco, guiado por Ana. Conversou com pessoas de sua idade, ouviu sonhos e necessidades, e ficou marcado pelo que todas as histórias tinham em comum: uma luta obstinada pela vida.

Conheceu melhor o casal da Britadeira, a batalha por espaços artísticos na cidade grande; ouviu Mara, amiga de Ana, grávida aos 14 anos, morando numa vaga alugada com seu filho, fazendo faxina para sustentá-lo, recusando com convicção o caminho da prostituição; e Gerson, o empregado da farmácia, que mandava metade do salário para os pais no interior do Piauí, e ainda tinha tempo para estudar computação à noite:

— Só não consigo explicar pros velhos o que é isso. Eles acham que é alguma safadeza — ele disse. — Nunca viram um computador.

Foi com Ana ao forró na sexta e no sábado, e tocou no palco, junto com a Britadeira; foram a Niterói assistir a um jogo do Botafogo, em um ônibus alugado; levaram a tia de Ana ao cinema, a velha só ia uma vez por ano, no aniversário.

Todas as pessoas da sua idade "se viravam" já há muito tempo. Estudar e comer três refeições por dia era uma sorte. Ter um quarto exclusivo, um sonho inatingível. Privacidade, um luxo.

Conheceu Rodrigo, um mulato magro, que fazia percussão na banda. Era um artista, um talento incrível para a música, mas pobre de não ter o que vestir, nem calçar. Sérgio o viu na rua uma tarde, quando foi comprar pão. Rodrigo andava do outro lado da calçada, gingando o corpo como um pivete, sem camisa, de bermuda e sandália, e só aí compreendeu de fato o que seu pai estava querendo dizer: ali, vendo de longe, sem conhecer, podia colocar um rótulo de "pivete" em Rodrigo, e jogar em cima dele todo o seu preconceito. Podia achar que Rodrigo era uma ameaça a seu tênis importado e desejar sua morte.

A cada "biografia", como dizia seu pai, Sérgio não podia deixar de fazer uma comparação com amigos seus, gente que ele agora reconhecia cheia de caprichos, para quem a maior desgraça era não ter uma tevê de 29 polegadas, não atualizar seu programa de computador ou usar um tênis nacional. Custou um pouco mais a reconhecer-se como um deles, e acabou fazendo isso em voz alta, diante de Ana, num banco da praia de Botafogo.

Teve uma espécie de crise de identidade ali, sentado ao lado dela, diante do Pão de Açúcar, depois de entrevistar Felipe, um garoto de sua idade que cuidava da mãe paraplégica.

— Tô me sentindo um Henriquinho, tá ligada? — ele disse.

— Quem? — perguntou Ana.

— Do livro... aquele garoto mimado, filho de fazendeiro, que chega pra morar no sobrado do Miranda. Um filhinho de papai cheio de caprichos, delicado, "bonitinho". Tipo assim... não fazia nada, só estudava e dava em cima das lavadeiras do cortiço. Um parasita besta que...

— Então eu devo ser a Pombinha.

— Pombinha? Por quê?

— Lembra dela? A menininha muito bem-comportada, que sabe ler e escrever e faz as cartas pro pessoal do cortiço mandar pros parentes distantes...

— Demorô. Mas o que é que vocês têm em comum?

— Minha família também tava me criando pra casar e levar uma vida que eu não queria. Sempre quis estudar e crescer. Sempre li bastante. Tinham me arranjado até um noivo, imagina, um idiota igual ao João da Costa, o noivo da Pombinha.

— O tal João da Costa era o maior zé mané.

— Mas ela não casava com ele porque ainda não menstruava.

— Essa parte é irada. A mãe dela rezava toda a noite pra filha menstruar e poder casar e tirar elas daquele cortiço. Mas a Pombinha nada...

— As meninas daquela época tinham de inventar alguma coisa pra escapar. Hoje tá mais fácil. Eu vim estudar no Rio, com a cara e a coragem, e pronto.

— Tem uma coisa que você é mesmo igual à Pombinha, Ana.

— O quê?

— Como disse o Aluísio, você "é a flor do cortiço".

Sérgio nem se deu conta, mas havia dito isso com a mão em cima da mão de Ana. Os dois estavam sentados, com os ombros colados, e precisavam falar de perto, por causa do barulho do tráfego. Ana ficou sem graça. Sérgio também. Se aproximaram devagar e deram um beijo na boca, rápido. Viraram para a baía de Guanabara, calados. As mãos continuaram juntas.

Iam começar a falar ao mesmo tempo. Riram. E deram outro beijo na boca. Longo. Bem mais longo.

Durante os dias da pesquisa os quatro costumavam se encontrar à noite, no apartamento de Zeca, ou em algum bar das redondezas.

Foi um período sem chuvas, com o sol castigando, e noites quentes, em que toda a população do edifício tentava fugir dos cômodos abafados, abrindo as portas, saindo para os corredores e calçadas, ocupando balcões e mesas de botequins.

— Esse povo é como barata — explicou Matias. — Sai tudo do ralo quando o tempo esquenta.

Eduardo dera um minigravador de presente para Ana. A menina ficou maravilhada. Ela e Sérgio já haviam produzido mais de vinte fitas com depoimentos de jovens, e gravado também todo tipo de "sons" que se ouviam nos apartamentos, corredores e bares da região.

Eduardo não tinha mais tempo de transcrever fitas. Apenas as numerava e guardava para, quando voltasse para casa, digitar direto em seu computador.

Os três competiram para ver quem terminava de ler *O cortiço* primeiro. Ana ganhou.

Passavam horas discutindo a trama de Aluísio Azevedo. Eduardo gravava tudo.

Ana estava encantada com ele, a ponto de despertar o ciúme e a competição no filho. Tudo que se referia a jornalismo deixava-a com os olhos brilhando, e se interessou de verdade pelos métodos de trabalho de Aluísio Azevedo, principalmente quando soube que ele fazia desenhos dos personagens e os colava em papelões.

Matias sentia-se importante, principalmente quando copiavam suas falas, cheias de ditados populares, aos quais ele acrescentou muitos tirados do próprio livro.

Mas a maior mudança tinha sido a de Sérgio. O garoto parecia ter descoberto a vida naqueles poucos dias.

— Perdeu até aquele ar triste de cogumelo — comentou Matias, e confessou que lera aquela expressão n'*O cortiço*.

No entanto, os dez dias se aproximavam do fim. Zeca chegaria de Sergipe, e Eduardo e Sérgio teriam de voltar para o apartamento da rua Dona Mariana.

Já havia colhido material mais do que suficiente. Levaria meses analisando todas aquelas informações, e sempre poderia voltar ao apartamento de Matias.

Criara um amigo de verdade.

Numa tarde, Sérgio e Ana estavam ali em frente, na praia de Botafogo, assistindo a um *show* de *rock*, ele e Matias tomavam cerveja, quando o velho disse que precisava descer até o apartamento 337.

— Fazer o quê? — perguntou Eduardo.

— É um pessoal que eu ajudo.

Ficou intrigado, mas não fez perguntas. Haviam feito compras no supermercado aquela manhã, e uma das sacolas ainda estava cheia de produtos, encostada na parede do corredor. Matias a colocou no colo e Eduardo o empurrou até o 337.

Bateram na porta. Um cachorro latiu.

— Não esquenta — disse Matias. — Cachorro de cortiço não morde.

Foram atendidos por um velhinho muito magro e corcunda, que mal andava. Tinha feridas nas mãos. Vestia uma cueca suja e a parte de cima de um pijama. Entraram. O cachorro não parava de latir, preso por uma corda, ao pé da cama.

O apartamento fedia a xixi. Havia uma velha deitada na cama de casal. Ela só respirava. Paralisada por um derrame cerebral, Matias explicou. Pediu para Eduardo esvaziar a bolsa de compras na cozinha dos velhos. Havia comprado produtos de limpeza também, e com grande dificuldade Matias jogou sabão em pó no chão do banheiro, e desinfetante na privada, e com uma vassoura fez ele mesmo a limpeza. Eduardo quis ajudar:

— Não precisa, pessoa. Faço isso no meu. Tenho a maior prática.

O velho só tinha forças para abrir a porta. Voltou a sentar numa cadeira de balanço ao lado da velha, e ficou calado, com um riso abobalhado, ouvindo um jogo de futebol num rádio velho.

Deixaram um macarrão com salsichas pronto numa panela e saíram.

— Os dois não têm ninguém por eles — explicou Matias. — Os vizinhos se revezam. Cada dia do mês alguém vai lá, limpa o banheiro e deixa uma comida pronta. Hoje era o meu dia.

Eduardo não conseguiu dizer nada.

Quando voltaram ao apartamento de Matias abriram outra cerveja e o velho riu:

— Tu é um banana, pessoa.

— Desculpa.

— Pode escrever isso no teu livro: aqui, se o sujeito tropeça e cai, alguém ajuda a ficar de pé de novo, porque se o infeliz tá morando num lugar como este é porque sabe o que é tropeçar e cair, e como é importante receber ajuda. Aqui é difícil a gente se alegrar com a desgraça dos outros.

Eduardo não conseguia controlar a emoção. Seus olhos estavam úmidos, o nó em sua garganta crescia. Matias fumava seu cachimbo e falava tranquilamente, enquanto o sol poente tingia as montanhas do Pão de Açúcar de vermelho:

— Não se engane, pessoa. Aqui é o lugar onde as pragas botam ovos. Somos todos companheiros de azar. Isto aqui é o mundo. Se é torto, não fomos nós que o fizemos torto. Você não precisa ficar desse jeito. Não foi você que fez a miséria nem a dor.

— No teu estado... você ainda ajuda os outros. Eu, no meu egoísmo...

— O egoísmo é uma boa, mas só serve quando o sujeito tá com saúde. Na primeira gripe, a gente corre pra pedir ajuda.

— Mas não é todo mundo que faz o que você...

— Para com isso, pessoa. Daqui a pouco vai me pedir carteirinha de anjo. Acha que vou ficar aqui olhando pra ontem, pedindo que me enterrem? Eu não sirvo pra palito. O mundo é largo. Tem lugar pro gordo e tem lugar pro magro. Enquanto eu tiver vivo, vou vivendo.

— "O prazer animal de existir, a triunfante satisfação de respirar sobre a terra."

— É isso aí. Grande Aluísio. O cara sabia das coisas.

— Mas você nunca se revolta, Matias?

— Contra o quê?

— O destino.

— Quem pode mais chora menos. É só isso.

— Você acredita em Deus? Numa outra vida?

— Acho que Deus fez o mundo, mas depois foi embora. E, se tem uma coisa que eu acredito, é na morte durante a vida. Pra que inventar razão pra viver? Os cães não vivem?

Através da luneta, Eduardo ficou olhando a multidão que se reunia na praia para ver o espetáculo, tentando enxergar Sérgio e Ana.

A noite caiu.

— Matias — disse, antes de ir embora. — Amanhã eu queria levar vocês a um passeio.

— É só me empurrar que eu vou.

— Quero andar pelos lugares que Aluísio Azevedo descreveu n'*O cortiço*. Prometi ao Sérgio falar um pouco da história do Brasil da época, e ele ficou interessado. A Ana também.

— Os dois tão amarrados.

— Você acha?

— Sou paralítico, mas não sou cego.

— Na verdade, quero levar o Sérgio num lugar especial aqui do bairro, e contar uma coisa a ele, muito importante... pelo menos para mim...

— O que é, pessoa?

— Se incomoda de saber na hora?

— Fazer o quê?

— Você também tem um mistério que não quer me dizer.

— Tenho?

— O teu sonho, Matias. Aquilo que você ia me pedir, no final da pesquisa.

— Ah, é. Então tá empatado. Té manhã.

• 16 •

Um pedaço de muro

Era uma tarde nublada. Eduardo insistia em manter seu segredo, e isso aumentava o interesse no passeio. Colocou o livro e o caderno de notas num envelope de papel pardo e começou a guiar a excursão, saindo do prédio e tomando o rumo do supermercado.

A rua Bambina foi a primeira parada:

— Os estudiosos descobriram que o cortiço verdadeiro, que Aluísio Azevedo retratou, ficava aqui nesta rua. Ele foi demolido em 1968. Logo nas primeiras páginas... ele descreve a pedreira que havia no fundo, e que João Romão depois comprou para fabricar paralelepípedos...

— O português que se apaixona pela Rita Baiana, o tal Jerônimo, é contratado pra comandar o serviço da pedreira — Sérgio lembrou.

— Olha a pedreira lá — apontou Eduardo. — Vamos chegar mais perto dela.

Caminharam pela rua Raul Fernandes, até a esquina com a rua Barão de Lucena. Ali, ao fundo de um conjunto de prédios modernos, erguia-se uma grande montanha de pedra, metade escavada.

— Parece uma dentada numa empada gigante — Matias disse.

— Esta era a pedreira — disse Eduardo, abrindo *O cortiço* numa página já marcada. — "João Romão veio afinal a comprar uma boa parte da bela pedreira, que ele, todos os dias, ao cair da tarde, assentado um instante à porta da venda, contemplava de longe com um resignado olhar de cobiça. Pôs lá seis homens a quebrarem pedra e outros seis a fazerem lajedos e paralelepípedos, e então principiou a ganhar em grosso [...]"

Ana estava encarregada de gravar as explicações de Eduardo, e Sérgio, de tirar as fotos.

Os três se revezavam em empurrar a cadeira de rodas de Matias.

— Dizem que este bairro se chama Botafogo por causa dessa pedreira — o velho falou.

— Por quê? — Eduardo perguntou.

— Era o grito que os trabalhadores davam pra avisar que o pessoal tinha se afastado, e que o encarregado podia acender o pavio dos explosivos... Botaaafooogo! É verdade, pessoa. Não fica me olhando com essa cara não. Pode anotar essa.

Sentaram no muro baixo do jardim de um edifício e Eduardo explicou que naquela época a cidade precisava muito de paralelepípedos, e com eles João Romão começou sua fortuna:

— Imaginem como era isso aqui... século XIX... Ruas estreitas, muito sujas, sem calçamento... as mais importantes, no centro da cidade, tinham o piso ainda de pedras redondas, chamadas pés de moleque, assentadas pelos escravos. No resto da cidade, só ruas esquecidas pelos poderes públicos, barro, lama, matagal... O lixo e o esgoto das casas eram atirados no mar. Ainda se andava a cavalo. Havia algumas linhas de bonde, puxadas por burro... Não havia eletricidade. As ruas eram iluminadas por lampiões de gás. Os leiteiros ordenhavam as vacas na porta do freguês. Não havia trabalho regular, a escravidão estava acabando, os imigrantes europeus chegando... principalmente portugueses... Cada um se virava como podia e as ruas viviam cheias de vendedores ambulantes... padeiros, peixeiros, mascates, quitandeiros, amoladores de facas, vassoureiro, garrafeiro, fruteiro...

Eduardo já havia percebido antes, e agora, enquanto falava, via aquilo com toda clareza: Sérgio mostrava curiosidade pelo ambiente histórico.

— Agora imaginem essa situação mudando rapidamente — ele continuou. — A revolução industrial começa a chegar aqui, nessa colônia atrasada, com escravos ainda... Começam a mudar a realidade, os hábitos... Depois do período de trevas religioso da Idade Média, o mundo começa a adorar a Ciência. As invenções invadem o dia a dia das pessoas... Surgem a máquina a vapor, a eletricidade, o telégrafo, o telefone! Na política, começam as lutas pela libertação dos escravos e pela República! Aparecem as primeiras fábricas de fundo de quintal.

— Aluísio escreve sobre uma fábrica de velas, ali na rua Real Grandeza, 98 — Ana lembrou. — Velas de sebo.

— Demorô. A gente pode ir lá fotografar. Ver se ainda existe.

— Agora imaginem a posição privilegiada do Rio de Janeiro! — Eduardo continuou. — Era o porto mais importante, por onde entravam as mercadorias e saía o ouro de Minas Gerais. Aqui circulava todo o dinheiro. Aqui os barões da terra e os grandes comerciantes faziam questão de construir seus sobrados, suas chácaras. Mas não há muito espaço, é uma cidade espremida entre o mar e as montanhas... os imóveis se valorizavam!

— Devia ser um paraíso... — suspirou Ana.

— Para os ricos. Na verdade, a cidade era um inferno por causa da sujeira, da falta de segurança e das epidemias — Eduardo puxou o caderno de notas. — Em 1849, um terço da população teve febre amarela. Em 1859, houve uma grande epidemia de varíola que matou milhares de pessoas. Por causa disso, os ricos procuravam construir chácaras distantes do centro. Botafogo cresceu assim. As primeiras chácaras foram erguidas ali adiante, na rua São Clemente. Depois, como sempre, vieram os prestadores de serviços, fornecedores de comida, empregados domésticos, e começam a surgir os cortiços... Aí os ricos se afastaram de novo, mas, para aumentar sua renda, deixavam um português pobre tomando conta de sua chácara, alugando os quartos, e formando novos cortiços. Aluísio mostra isso, quando fala do outro cortiço, o "inimigo", que se chamava "Cabeça de gato"...

Eduardo procurou o trecho no livro e leu:

— "Agora, na mesma rua, germinava outro cortiço ali perto, o 'Cabeça de gato'. Figurava como seu dono um português que também tinha venda, mas o legítimo proprietário era um abastado conselheiro, homem de gravata lavada, a quem não convinha, por decoro social, aparecer em semelhante gênero de especulações".

Parou de ler e ficou em silêncio, emocionado. Os outros estranharam:

— O que foi, pai?

— Nada. É que isso tem a ver com o que eu quero te contar.

— O "segredo"... — resmungou Matias.

— Fala logo, velho. Que saco!

— Calma, garoto.

— Anota essa, moleque — Matias falou. — A gente só

precisa de duas coisas na vida: memória e paciência. E a primeira é só pra não esquecer a segunda.

Eduardo explicou que queria primeiro mostrar uma coisa, antes de esclarecer o "mistério", e prosseguiram a excursão, descendo a rua Barão de Lucena, em direção à São Clemente. No caminho, foi falando:

— *O cortiço* é um retrato perfeito, impressionante, de tudo isso que estou contando a vocês... do momento histórico... Todas essas mudanças tão escritas no livro... O imigrante português, por exemplo, o João Romão... o trabalho perseverante, o subir na vida a qualquer custo, mesmo cometendo algumas fraudes, adulterando o peso da balança, adoçando o vinho rascante com açúcar, aumentando o pó de café com fubá, esticando a perna do sete e fazendo um nove nas contas dos fregueses...

— Isso eu também fiz quando vendia peixe — lembrou Matias. — Tempo bom...

— Por fim eles enriqueciam, aprendiam a ler, viravam "comendadores", engraxavam "furiosamente" os sapatos, passavam pomada *hungroise* para endurecer e dar forma de anzol aos bigodes para fisgar as mulatas... Mais tarde compravam algum título de nobreza... — procurou no livro — João Romão casa com a filha do Miranda... "— tome lá alguns pares de contos de réis e passe-me para cá o título de Visconde! Sim, sim, Visconde! Por que não? e mais tarde, com certeza, Conde!".

— Os títulos de nobreza eram comprados...

— Pois é, Ana. Eram uma fonte de renda para a Coroa. E muito procurados.

— Miranda fez de tudo para chegar a ser barão, tá ligado.

— Os títulos apagavam o passado duvidoso, tornavam o sujeito respeitável... Eu tava falando da chegada da revolução industrial, do capitalismo... Aluísio retrata isso também, na figura do João Romão, quando começa a enriquecer... tá aqui... "A sua casa tinha agora um pessoal complicado de primeiros, segundos e terceiros caixeiros, além do guarda-livros, do comprador, do despachante e do caixa; do seu escritório saíam correspondências em várias línguas e, por dentro das grades de madeira polida [...] e propunham-se negociações de empresas e privilégios obtidos do governo; e realizavam-se vendas e compras de papéis; e concluíam-se empréstimos de juros fortes sobre hipotecas de grande valor." Entendem? É o começo do capitalismo no Brasil! Daí surgem as fábricas, as empresas, as grandes firmas, os bancos! E o outro lado, a concentração de renda, os operários, a miséria, os cortiços, as favelas atuais... A gente precisa entender as causas históricas de tudo.

— E a Bertoleza?

— O que tem ela, Ana?

— A vida dela é terrível... Passa todo o livro trabalhando para o João Romão, achando que não é mais escrava, que tá livre... e ele usa o dinheiro dela, explora a coitada... pra depois denunciar ela pra polícia como fugitiva e entregar pros donos antigos! Que absurdo!

— É. Acho que Aluísio quis mostrar que por trás de todo o progresso do Brasil havia a escravidão, um crime hediondo, a exploração da miséria... E que, depois de explorado toda a vida, o pobre é simplesmente entregue à própria sorte.

— Enquanto o Romão se dá bem, a negra termina indo pra terra dos pés juntos — lembrou Matias. — E foi com as próprias pernas.

— O livro retrata a ascensão de um imigrante português — explicou Eduardo —, e o cortiço reflete a vida dele. Depois do grande incêndio, por exemplo, com o dinheiro do seguro, João Romão o reconstrói maior e melhor, assim como ele próprio vai ficando mais próspero... vai ingressando na elite... se livra de Bertoleza... casa com a filha do Miranda...

Folheou o livro, procurando trechos dos últimos capítulos:

— "Mas o cortiço já não era o mesmo; estava muito diferente; mal dava ideia do que fora. O pátio [...] e agora parecia uma rua, todo calçado por igual e iluminado por três lampiões grandes. [...] De cento e tantos, a numeração dos cômodos elevou-se a mais de quatrocentos; [...]. Já lá se não admitia assim qualquer pé-rapado: para entrar era preciso carta de fiança e uma recomendação especial. Os preços dos cômodos subiam, e muitos dos antigos hóspedes [...] iam [...] sendo substituídos por gente mais limpa. [...] O cortiço aristocratizava-se".

— E ele ainda termina construindo um sobrado maior do que o do Miranda...

— É, Sérgio... "João Romão conseguira meter o sobrado do vizinho no chinelo".

Dobraram à esquerda na rua São Clemente, em direção à praia. Mais adiante, viraram à direita, na rua aberta pelo metrô, e foram até a esquina com a rua Voluntários da Pátria. Pararam diante da estação Botafogo do metrô. Colado à entrada moderna, haviam preservado um pedaço de muro antigo, de tijolos maciços. Eduardo apontou para ele e disse:

— O que eu tenho pra contar tá aí, dentro desse pedaço de muro velho.

Ninguém entendeu nada.

— Dá pra explicar melhor, pessoa?

— Sérgio — o pai falou —, esse pedaço de muro pertencia à casa dos meus avós... teus bisavós... e foi onde eu fui criado, até os dez anos de idade.

— É? Legal. Tipo assim... você já tinha dito que morou em Botafogo antes, quando era pequeno. Era esse o "segredo"?

— Esse muro... sabe que tipo de casa era essa?

— Sei lá.

— Um cortiço.

Os três olharam para Eduardo. Seus olhos estavam úmidos.

— Um cortiço, pai? Demorô. Você foi criado num cortiço? Nunca me disse nada?

— Você nunca quis saber.

— Agora dá pra entender... — falou Matias, acendendo o cachimbo.

— Era um casarão de dois andares, com dezenas de quartinhos alugados — contou Eduardo, com a voz embargada. — Teus bisavós tomavam conta. O proprietário era um médico muito rico, que não aparecia nunca. Eu ficava aqui o dia todo, pros meus pais poderem trabalhar. Minhas primeiras imagens de infância foram aqui... nesse casarão que o metrô botou abaixo... Havia uma escada lateral ali, uma varanda desse lado, de ponta a ponta... Eu vivia correndo de um lado pro outro... Seu tio-avô tinha uma fábrica de tamancos no porão. Era um lugar muito escuro. Eu tinha muito medo. Havia uns quartos alugados lá no fundo, os mais baratos, com uns sujeitos estranhos, o dia todo jogando baralho... Nos quartos de cima moravam estudantes, muitos estudantes... Eles vinham dos outros estados, fazer faculdade aqui... Um deles era o meu pai.

— Não vai dizer que sua mãe e...

— É, Ana. Meus pais, os avós de Sérgio, se conheceram aqui. Nesse cortiço.

— Pô, velho, eu não sabia de nada disso, tá ligado.

— Casaram aqui. O estudante de direito e a filha do "dono" do cortiço... E meu pai acabou confessando que os dois "adiantaram o serviço"..., quer dizer, acho que eu fui gerado aqui também.

— Como eles eram, pai? Meus bisavós...

— Imigrantes, Sérgio. Pobres. Muito pobres. Vieram de Portugal, sem saber ler nem escrever. Dormiram de favor no chão da taberna de um outro imigrante. Trabalharam, pouparam, roubaram no peso... Tua avó foi faxineira, lavadeira... Teu avô, empregado de venda... Depois tomaram conta desse cortiço... Tenho uma foto dos dois, depois eu mostro... Estão na varanda. Ela sentada, ele com a mão no ombro dela... Tinham um sonho muito prático. Sair da miséria. Ganhar a vida num país estranho. Comer. Criar os filhos. Existir. Poder sentir "a triunfante satisfação de respirar sobre a terra"... Conseguiram. Mas foram pobres a vida toda. Só ganharam pra viver. Ele usava sempre um lápis na orelha. Dizia que as orelhas eram feitas pra se colocar os lápis... Meu pai também lutou muito pela vida. Nos primeiros dez anos de casados, ele e minha mãe moraram num dos quartinhos desse cortiço.

Eduardo engasgou:

— Eu fui um pivete, garoto. Desses que ficam de olho nos tênis importados dos outros.

• 17 •

Todos merecem

Matias disse que a emoção lhe dava sede e foram para um bar na praia de Botafogo. A tarde chegava ao fim. Os dez dias de pesquisa também.

No Pão de Açúcar, coberto por nuvens escuras, as pedras brilhavam, úmidas.

— Eu quero saber mais sobre essas coisas, pai — disse Sérgio.

— A História somos nós, garoto... nossas vidas, a vida dos nossos antepassados...

— Trouxe um presente pra você — Ana falou, e tirou da bolsa um envelope branco. — Fui eu que fiz...

Eduardo abriu. Eram dois desenhos, dela mesmo e de Matias, com cadeira de rodas e tudo. Os desenhos estavam colados em papelões duros, e Eduardo os colocou em pé, sobre a mesa do bar.

— Isso é pra lembrar da gente — ela disse. — Somos personagens, não é?

— São mais que isso, Ana. São amigos. Quero que você continue me ajudando com o livro. Se você quiser, posso te contratar como pesquisadora. Eu pago.

— Se eu quiser? Mas é o meu sonho, cara!

Então Eduardo perguntou ao velho:

— E agora? Falta você...

— E agora o quê?

— O teu segredo, Matias. Você também tinha um sonho.

— Bobagem. Deixa pra lá.

— Não. Você trabalhou. Merece. Pode pedir.

— É um sonho de velho bobo, pessoa. Esquece.

— Conta aí, Matias — Ana pediu.

— É uma coisa que eu guardo aqui dentro. Um sonho... bom, isso me faz bem... A gente precisa ter uma saudade pra contar...

— Conta logo — disse Sérgio.

E Matias contou.

Os três riram. Ana levantou e deu um beijo na testa do velho.

Depois ela e Sérgio foram ao cinema.

Eduardo viu os dois indo embora. De repente, Sérgio parou. Ficou pensando. E voltou. Se aproximou do pai e deu-lhe um beijo no rosto.

— Não era só pra daqui a quinze anos? — Eduardo falou.

— Acho que você já tá merecendo, tá ligado? — e Sérgio voltou para Ana, e os dois se afastaram, de mãos dadas.

Eduardo pagou a conta e começou a empurrar a cadeira de rodas de volta ao cabeça de porco.

No caminho, parou num orelhão e ligou para a mulher, em Búzios, a cobrar.

— Dudu! Não acredito! SEU MALUCO! Eu tô aqui morrendo de preocupação! Você não ligou! Me deixou aflita! E o Serginho? Como é que ele tá?

— Calma, Cris... Tá tudo ótimo! Aconteceu tanta coisa... depois te conto!

— Onde você tá? PELO AMOR DE DEUS! Deixei recado

na secretária eletrônica lá de casa! Você nem respondeu! Eu fiquei...

— A pesquisa... deu tudo certo. Muito certo! Você não vai acreditar quando eu contar... E aí, como tá?

— Dudu, você não acredita... um filho da mãe quebrou meu retrovisor... ninguém merece...

— Tá... escuta, eu tô ligando pra te pedir pra me esperar no cais de Cabo Frio, de carro... É... Espera... Daqui a uns quatro dias. Eu ligo depois, pra dizer ao certo... O Sérgio vai também. Com a namorada.

— Namorada?

— É. Uma menina ótima.

— NAMORADA?! Cabo Frio? No cais? Tá maluco? O que é que...

— Vou sair aqui da Urca. Vou pelo mar. De traineira...

— TRAINEIRA?!

— Depois explico.

— EXPLICA?! Explica como? Você tá cada vez mais doido, Dudu. Vai vir até Cabo Frio de traineira? Por quê?

— É o sonho de um amigo meu.

— Um sonho?

— É. Todo mundo tem um sonho, sabia?

Outros olhares sobre *O cortiço*

Após acompanhar cada passo da aventura de Sérgio, Eduardo, Matias e Ana, personagens criadas por Ivan Jaf, saiba um pouco mais sobre O cortiço, *de Aluísio Azevedo, e conheça outras obras nele inspiradas.*

O naturalismo e Aluísio Azevedo

O naturalismo — a escola literária a que Aluísio Azevedo (1857-1913) se vinculou e da qual foi o maior expoente no Brasil — surgiu na França, na segunda metade do século XIX, com a publicação do romance *Thérèse Raquin*, de Émile Zola (1840-1902). A partir daí, difundiu-se para outros países europeus, entre os quais Portugal, de onde chegou ao Brasil. O movimento naturalista pretendia que a obra literária fosse uma transposição direta da realidade para o papel. O escritor devia romper com a visão de mundo idealizada do Romantismo e mostrar a vida como ela é, em seus aspectos mais duros e sombrios.

Publicado em 1881, *O mulato*, de Aluísio Azevedo, é o primeiro romance brasileiro que segue essa orientação, denunciando o preconceito racial e fazendo uma crítica satírica de tipos urbanos de sua cidade natal, São Luís do Maranhão: o comerciante rico e grosseiro, a velha beata e raivosa, o padre hipócrita. A obra suscitou escândalo e mal-estar na sociedade maranhense, acentuando o incômodo já provocado por Aluísio ao criticar a influente igreja local nas páginas do jornal *O pensador*. No entanto, *O mulato* recebera grandes elogios da intelectualidade do Rio de Janeiro, entre os

O jovem Aluísio: escândalo e mal-estar na sociedade maranhense

quais se podem destacar os do crítico Sílvio Romero, do escritor Raul Pompeia e do historiador Capistrano de Abreu.

Nesse mesmo ano, Aluísio Azevedo resolveu voltar para a capital do país, onde já havia residido anteriormente, entre 1876 e 1878. Ali, acreditava poder se tornar um escritor profissional, dedicando-se aos livros e ao jornalismo. Para viver do que escrevia, entretanto, teve de fazer concessões ao gosto da maioria do público e produzir obras folhetinescas, recheadas de paixões e peripécias. Escreveu também, em parceria com o irmão Artur Azevedo e o amigo Emílio Rouède, peças e revistas teatrais de linguagem fácil e temática picante. Alternava-as com as obras que consideravam mais sérias, de caráter naturalista, e isso, para o escritor, era uma grande frustração.

Mesmo assim, ele tencionava produzir um vasto painel da vida social brasileira entre 1820 e 1887, uma série de cinco romances intitulada *Brasileiros antigos e modernos*. Projetado para ser um dos integrantes da série, *O cortiço* foi o único a ser concluído. Foi publicado em 1890. Felizmente, para a literatura brasileira, tratava-se de uma obra-prima. Embora o romance tenha obtido reconhecimento imediato, o êxito não veio acompanhado de dinheiro. Para poder viver com dignidade, Aluísio Azevedo ingressou na carreira diplomática, à qual se dedicou prioritariamente.

Aluísio Azevedo em autocaricatura feita para o jornal carioca *O Fígaro*, de 13/5/1876

No papel e na tela

Obra cuja importância foi reconhecida desde a primeira publicação, *O cortiço* conheceu várias edições, muitas delas ilustradas. Fayga Ostrower (1920-2000), desenhista e gravadora polonesa naturalizada brasileira, ilustrou em 1948 uma edição de luxo de *O cortiço* para a hoje extinta Livraria e Editora Zélio Valverde, do Rio de Janeiro. Tendo se dedicado a temas sociais no começo de sua carreira artística, Ostrower manifestava a influência do expressionismo, que não é difícil de se reconhecer na atmosfera sombria das doze xilogravuras feitas para essa edição especial do romance de Azevedo.

Xilogravura de Fayga Ostrower retratando João Romão à porta da taverna, 1948

Alguns anos mais tarde, na década de 1950, a Livraria Martins Editora, de São Paulo, especializada na publicação de escritores brasileiros, quase sempre em edições a que se associavam artistas brasileiros de destaque, lançava uma edição de *O cortiço* com capa de Clóvis Graciano (1907-1988), ilustrador cuja obra também foi marcada, ao menos em parte, pela crítica social em chave expressionista.

Essa edição traz ainda, numa de suas páginas iniciais, uma caricatura de João Romão feita por Belmonte (1896-1947), escritor e desenhista de grande importância para as artes gráficas e para a ilustração no Brasil na primeira metade do século XX. O João Romão de Belmonte reflete o estereótipo do português de bigodão, camiseta e tamancos que impregnou o imaginário brasileiro dessa época. É interessante notar que o personagem foi descrito por Aluísio Azevedo com alguns traços caricaturescos e grande riqueza de detalhes visuais, até porque o escritor, quando jovem, também trabalhou como ilustrador para os jornais do Rio de Janeiro.

As imagens geradas pelo texto de Aluísio Azevedo, entretanto, não ficaram restritas ao papel. *O cortiço* foi adaptado para

João Romão pela lente humorada de Belmonte

a tela em 1945, pelas mãos de dois nomes pioneiros do nosso cinema, o diretor Luiz de Barros e o produtor Adhemar Gonzaga. Embora não tenha alcançado um grande sucesso de público, o filme recebeu alguns dos prêmios mais importantes da crítica cinematográfica da época, como o Troféu Índio, concedido pelo *Jornal do Cinema* do Rio de Janeiro.

No que se refere particularmente à obra de Luiz de Barros (1893-1981), a adaptação de *O cortiço* foi feita com as mesmas intenções que nortearam a redação do romance: apresentar um retrato objetivo e crítico da realidade do país, rompendo com a visão romântica dos melodramas de sucesso que anteriormente produzira. Luiz de Barros é considerado o mais prolífico dos cineastas brasileiros: em 60 anos de atividades fez cerca de 100 filmes, tendo dirigido o último deles (*Ele, ela, quem?*) em 1977, aos 84 anos de idade.

Em geral, Barros produzia, dirigia, escrevia o roteiro, desenhava os cenários, fotografava e montava suas obras. Começou em 1914, quando os filmes ainda eram mudos, com uma adaptação de *A viuvinha*, de José de Alencar, o mestre dos prosadores românticos, de quem também adaptou o romance *Ubirajara*, em 1919. Foi o diretor do primeiro filme sonoro rodado no Brasil (*Acabaram-se os otários*, de 1929) e se especializou em comédias ligeiras que faziam grande sucesso junto a um público que se concentrava no Rio de Janeiro, em São Paulo e nas capitais. Nesse sentido, há um nítido paralelismo entre sua obra e a de Aluísio Azevedo, cujos folhetins e revistas teatrais eram uma forma de garantir o pão de cada dia.

A opção por rodar *O cortiço* reflete uma necessidade pessoal de produzir uma obra mais séria. Para isso, associou-se ao produtor Adhemar Gonzaga (1901-1978), outra figura funda-

Museu da Imagem e do Som/RJ

Acabaram-se os otários, primeiro filme sonoro brasileiro

mental do cinema brasileiro. Em 1930, ele criou o primeiro grande estúdio cinematográfico nacional, a Cinédia, que ainda se mantém em atividade. Nesse estúdio foi rodada a adaptação do romance de Aluísio Azevedo, com um elenco modesto, formado por atores (Miguel Orico, Alice Archambeau e Manoel Vieira) pouco lembrados na história do nosso cinema.

Plim-plim!

Essa versão de 1945, entretanto, não foi a única adaptação do romance de Aluísio Azevedo para a linguagem cinematográfica. Em 1978, o texto foi novamente transposto para o cinema, paradoxalmente com intenções bastante diversas daquelas que animaram Luiz de Barros. Com direção de Francisco Ramalho Jr. e um elenco formado por atores que estrelavam as novelas da Rede Globo de Televisão, essa versão ainda se encontra disponível

Cena do filme *O cortiço*, de Luiz de Barros (1945), em que se veem as lavadeiras, em torno das quais fervilhava a vida social do lugar

em vídeo (distribuição CIC Vídeo) e foi originalmente um projeto de adaptação televisiva do texto de Aluísio Azevedo. Talvez por isso mesmo o caráter naturalista do romance tenha sido menosprezado e o enredo tenha adquirido características inequivocamente românticas e açucaradas.

Em primeiro lugar, colocou-se como centro da trama o caso amoroso entre Jerônimo e Rita Baiana, respectivamente interpretados por Mário Gomes e Betty Faria. A dupla de atores glamurizava as personagens e a paixão que as unia, desvirtuando com isso a análise que Aluísio Azevedo faz do vínculo existente entre ambos, ressaltando o papel dos instintos e da sexualidade degradada pelo meio. Ao contrário disso, o filme até insiste em atribuir bons sentimentos a Jerônimo, que no final se arrepende do adultério com Rita e não somente volta para sua legítima esposa, Piedade, como ainda promove um aperto de mãos entre ela e sua ex-amante.

Quanto a Rita Baiana, a interpretação que lhe é dada por Betty Faria, de acordo com a orientação geral do filme de Ramalho, se pauta pela idealização de seu charme e de sua sensualidade, apresentada como um valor intrínseco da mulher brasileira e desfalcada de toda carga negativa que o naturalismo lhe atribuía. A esse propósito, vale lembrar a música principal da trilha sonora do filme, que se refere justamente a Rita Baiana e tem o seu nome. Ape-

Mário Gomes e Betty Faria nos papéis de Jerônimo e Rita Baiana, na versão cinematográfica de 1978

sar de incorrer no desvirtuamento da personagem original de Aluísio Azevedo, a música tem méritos e fez mais sucesso do que o próprio filme, sendo executada com frequência nas rádios em 1978 e 79, mesmo depois de o filme ter saído de cartaz.

"Rita Baiana", a canção, foi interpretada pela atriz e cantora Zezé Mota e pode ser ouvida no CD *Zezé Mota/Dengo*, da série *Dois Momentos*, da gravadora Warner Music. A melodia foi composta pelo maestro John Neschling, autor de várias trilhas sonoras do cinema nacional, que também foi regente da Orquestra Sinfônica do Estado de São Paulo. A letra, de autoria do poeta, tradutor e ensaísta Geraldo Carneiro, ressalta a intensa sensualidade de Rita Baiana, como se pode ver pelas duas primeiras estrofes:

Olha, meu nego, quero te dizer
O que me faz viver,
O que quase me mata de emoção,
É uma coisa que me deixa louca,
Que me enche a boca,
Que me atormenta o coração.
Quem sabe um bruxo
Me fez um despacho,
Porque eu não posso sossegar o
[facho,
É sempre assim:
Ai, essa coisa que me desatina,
Me enlouquece, me domina,
Me tortura e me alucina!

Olha, meu nego,
Isso não dá sossego
E se não tem chamego,
Eu me devoro toda de paixão.
Acho que é o clima feiticeiro,
O Rio de Janeiro que me
[atormenta o coração.
[...]
E me dá
Uma vontade e uma gana, dá,
Uma saudade da cama, dá,
Quando a danada me chama
Maldita de Rita Baiana.

Teatro e RPG

O cortiço também conheceu algumas adaptações para o palco. Embora nenhuma delas marcasse época, uma foi redigida e dirigida pelo ator, autor e diretor teatral Sérgio Brito, cuja história se confunde um pouco com a do teatro brasileiro nos últimos 50 anos. Nascido em 1923, ele completou 80 anos em cena, com o monólogo *Sérgio 80*. Sua adaptação de *O cortiço* esteve em cartaz no ano de 1993 no Rio de Janeiro.

Ainda inspirado no romance de Aluísio Azevedo, Brito também escreveu e encenou *O cortiço II*, que contava a história da

Vizinhos e amigos carregando o mulato Firmo, amante de Rita, morto por Jerônimo numa emboscada

República no Brasil, de Deodoro da Fonseca a Collor de Mello.

Houve ainda um projeto para fazer *O cortiço* chegar a uma nova linguagem, talvez bastante inusitada para os romances naturalistas: a linguagem do RPG ou *Role Playing Game*, um tipo de jogo narrativo em que os participantes assumem o papel de personagens de uma história. Um RPG inspirado na obra de Aluísio Azevedo, mas adaptado à realidade dos dias de hoje, foi idealizado pelo pessoal do Eco Ritmo, um grupo de voluntários ligados a projetos de educação ambiental em espaços urbanos.

Segundo o publicitário Francisco Veiga de Moraes, um dos integrantes do Eco Ritmo: "*O cortiço* permite refletir sobre a degradação do espaço urbano e é nesse sentido que fomos procurar inspiração na obra de Aluísio Azevedo".

Sérgio Brito, que adaptou *O Cortiço* para o teatro

DESCOBRINDO OS CLÁSSICOS

ALUÍSIO AZEVEDO

O MULATO

Longe dos olhos, de Ivan Jaf

CASTRO ALVES

POESIAS

O amigo de Castro Alves, de Moacyr Scliar

EÇA DE QUEIRÓS

O CRIME DO PADRE AMARO

Memórias de um jovem padre, de Álvaro Cardoso Gomes

A CIDADE E AS SERRAS

No alto da serra, de Álvaro Cardoso Gomes

O PRIMO BASÍLIO

A prima de um amigo meu, de Álvaro Cardoso Gomes

EUCLIDES DA CUNHA

OS SERTÕES

O sertão vai virar mar, de Moacyr Scliar

GIL VICENTE

AUTO DA BARCA DO INFERNO

Auto do busão do inferno, de Álvaro Cardoso Gomes

JOAQUIM MANUEL DE MACEDO

A MORENINHA

A Moreninha 2: a missão, de Ivan Jaf

JOSÉ DE ALENCAR

O GUARANI

Câmera na mão, *O Guarani* no coração, de Moacyr Scliar

SENHORA

Corações partidos, de Luiz Antonio Aguiar

LUCÍOLA

Uma garota bonita, de Luiz Antonio Aguiar

LIMA BARRETO

TRISTE FIM DE POLICARPO QUARESMA

Ataque do Comando P. Q., de Moacyr Scliar

LUÍS DE CAMÕES

OS LUSÍADAS

Por mares há muito navegados, de Álvaro Cardoso Gomes

MACHADO DE ASSIS

RESSURREIÇÃO/A MÃO E A LUVA/HELENA/IAIÁ GARCIA

Amor? Tô fora!, de Luiz Antonio Aguiar

DOM CASMURRO

Dona Casmurra e seu Tigrão, de Ivan Jaf

O ALIENISTA

O mistério da Casa Verde, de Moacyr Scliar

CONTOS

O mundo é dos canários, de Luiz Antonio Aguiar

ESAÚ E JACÓ E MEMORIAL DE AIRES

O tempo que se perde, de Luiz Antonio Aguiar

MEMÓRIAS PÓSTUMAS DE BRÁS CUBAS

O voo do hipopótamo, de Luiz Antonio Aguiar

MANUEL ANTÔNIO DE ALMEIDA

MEMÓRIAS DE UM SARGENTO DE MILÍCIAS

Era no tempo do rei, de Luiz Antonio Aguiar

RAUL POMPEIA

O ATENEU

Onde fica o Ateneu?, de Ivan Jaf